Quimera: Quando Uma Ninfomaníaca Se Apaixona

Rowan Knight

Published by 22 Lions Bookstore, 2015.

<u>**Sobre a Editora**</u>

Sobre a 22 Lions Bookstore:

www.22Lions.com

Facebook.com/22Lions

Twitter.com/22lionsbookshop

Instagram.com/22lionsbookshop

Pinterest.com/22lionsbookshop

Sumário

A poderosa força do amor

Estávamos em junho de 2009. Um grupo composto por dois casais Franceses percorre durante a noite uma montanha no México. Entre eles encontra-se Bianca, uma mulher perto dos quarenta anos, prestes a casar com Luc, um jovem rico do sul de França.

Bianca não se encontra propriamente apaixonada por Luc. Apenas viu neste uma oportunidade de estabilizar a vida, pois ele é rico e tem tudo o que ela precisa e aprecia na vida, nomeadamente, o luxo e a possibilidade de viajar pelo mundo inteiro.

Naturalmente, o facto de não estarem apaixonados gera imensas discussões. E, nessa noite, uma mais destas discussões de casal tem início, e Luc procura pressionar Bianca, dizendo que não confia no que ela sente por ele. Após várias trocas de palavras duras entre ambos, e em tom bastante aceso, ela responde-lhe confessando que não o ama, que nunca o amou e que nunca amou ninguém, nem nunca irá amar.

Nesse momento o coração de Bianca, bastante acelerado pela discussão, para de bater. Bianca tem um ataque cardíaco na montanha, e seus amigos e namorado, sem nada poderem fazer, entram em pânico. Durante dez segundos ela entra num novo mundo, à medida que sua alma se separa do corpo. Observa aí imensas almas que se apresentam sob a forma de estrelas, e que se aproximam dela para a receber. Pela primeira vez, ela sente-se amada e tranquila. A morte veio para a abraçar num amor eterno.

Nesse preciso momento, do outro lado do atlântico, em Portugal, um homem faz um desejo ao universo. Ele escreve num papel que pretende encontrar a sua alma gémea, a pessoa que será a mulher da sua vida. Depois de escrever isto num papel especial, comprado na mesma loja esotérica onde havia comprado a vela que o acompanha, rezou para que essa mulher viesse até sua vida. Os vários minutos que acompanharam a reza, pareceram horas paradas no tempo, tamanho era o grau de sua concentração, enquanto recitava como mantras os seus desejos e as orações, impulsionados pelo que de mais sensível e profundo existia no seu íntimo.

Nesse mesmo momento, Bianca volta à vida, num sufoco de quem parecia quase ter-se afogado para sempre em sofrimento, mas acaba de ser retirada por uma energia superior dessas águas profundas.

Depois de recuperada do susto, Bianca não mais voltou a ser a mesma. Dias após o sucedido, suspendeu o casamento que estava planeado para breve com Luc, afirmando que precisava de tempo para repensar a relação e o destino a tomar na sua vida, principalmente depois de tudo o que havia acontecido naquela montanha do Mexico.

Já em França, aproximou-se do mar com uma folha e seguiu o conselho que um amigo vidente lhe havia dado muitos anos antes. Cansada de viver uma vida vazia, escreveu nessa carta o que mais desejava para o seu futuro, sem temer ir buscar ao fundo do coração os seus desejos mais íntimos. Grande parte do que ela desejava, era algo do qual tinha perdido a esperança de ter: encontrar amor. Escreveu que queria encontrar uma pessoa que ela amasse de todo o coração e que a amasse de volta, escreveu também que queria encontrar alguém que a completasse e, num desejo de se redimir de uma vida de sofrimento, desejou encontrar alguém que pudesse curá-la, resolvendo todos os seus problemas cármicos.

Alguns dias depois de colocar o desejo por escrito, Bianca recebe uma proposta para trabalhar em Changchun, na China.

As cartas de duas pessoas, ambas ainda estranhas entre si, salvaram duas vidas de um sofrimento interminável e criaram o inicio de um grande romance, a partir de um amor que até então não se tinha encontrado. O homem que a salvou era eu, e haveria de chegar pouco depois até ela.

Desistir de viver para renascer

Há quem diga que a morte é o início de um novo ciclo. Para mim, esse ciclo tinha chegado ao fim. Lembro-me do dia em que me mudei para aquilo que só eu poderia chamar de casa: um pequeno estúdio, apenas com um espaço para a cama e uma casa de banho, no topo de um edifício, junto ao sótão de muitos outros moradores.

Poderia mesmo se chamar a este espaço de sótão, visto que legalmente não possuía as condições para assumir o estatuto de casa, ou estúdio, ou o que quer que seja. Este pequeno espaço em Lisboa, foi o local que escolhi para morrer. Não tinha mais nada a que aspirar para a minha vida. Por um lado, tinha conseguido tudo o que queria mas, por outro lado, não tinha nada. Era reconhecido no meu país como o melhor DJ. Mas que consegui com esse sucesso? Nem um centavo. Ou pelo menos não mais do que o que poderia gastar em duas refeições. Não era um campo que gerasse dinheiro e eu era essencialmente um pioneiro no que estava a fazer, nomeadamente ao misturar ópera e música clássica em geral com sons techno extremamente rápidos. Eram mais apresentações artísticas de espantar e dar que falar do que festas para dançar. Consegui, sim, muitos inimigos que me queriam matar, por inveja ao rápido sucesso que tinha atingido, acompanhado, admito, do meu imenso orgulho, que de certa forma sempre considerei justificado. Afinal, não só era bem sucedido como ajudava outros artistas a conseguirem o mesmo. A minha equipa era sempre imensamente protegida por mim.

O ódio, a raiva, o medo, a ansiedade e todos os outros sentimentos que me acompanhavam nesse tempo, eram transportados para as minhas atuações. A qualidade era tal que o sucesso falava por si. Nos dias seguintes muita gente falava das misturas insólitas com o mais rápido dos sons japoneses, acompanhados de mantras ou de discursos políticos e vozes de filmes, as quais sempre vinham no momento certo para dizer algo que eu queria libertar do fundo do meu coração para o resto do mundo: "Querem morrer? Morram comigo? Sim, este mundo não tem nada. Acompanhem-me até outros universos, onde o espirito pode voar no infinito e ser ele mesmo em total liberdade. Odeiem, temam, libertem-se, sejam felizes, sejam quem são... mas vivam livremente".

Para mim a liberdade de expressão é tão importante como a água que bebo diariamente e essa era a mensagem que a minha musica transmitia num poderoso som agressivo, guerreiro e, em certos momentos, também de tremenda paz.

A minha inspiração, vinha dos sons tribais dos nativos norte-americanos. Um pequeno grupo atuava na rua á noite perto do local onde eu ia atuar como DJ. Uma coincidência feliz que promovia a minha liberdade espiritual, numa compensação às drogas que sempre recusei tomar, e aos chocolates que, como antidepressivos, destruíram os meus dentes e a minha conta bancária em dentistas burlões.

A viver a nostalgia da noite e a insignificância dos dias, assim sobrevivia como um vampiro que apenas deseja uma estaca imprevisivelmente vinda das mãos de alguém. Uma ansiedade de morrer tão grande que sempre explodia em mim quando alguém me afrontava. Os vizinhos temiam-me, e os que me tentavam amedrontar também. Recolhidos num canto, tais idiotas lá apareciam nas minhas festas para dançarem escondidos no canto da pista de dança, esperando talvez que não os visse e lhes esmurrasse a cara.

Havia muito em jogo. Não o podia fazer. Arruinava minha imagem, as minhas festas, a reputação do estabelecimento que me era disponibilizado, a reputação do dono, etc. Este era um ciclo vicioso que apenas me autodestruía. O dinheiro destes eventos não era suficiente. Tinha que trabalhar durante o dia como segurança e também nas noites em que não fazia de DJ. Era daqui que vinha o meu sustento, para uma vida insignificante.

A minha vida era sair do trabalho e deitar-me no sofá. Recusei uma cama, uma mesa para comer, e recusava igualmente cozinhar. Limitava-me a dormir neste sofá quando chegava de manhã do trabalho. Depois acordava tarde, passeava moribundo à beira-mar e voltava no final do dia para casa, com um grande vazio no peito.

Os amigos, nunca fui bom a mantê-los. As namoradas, nunca fui bom a aceitá-las. Desprezava os outros tanto ou mais como me desprezava a mim. Tudo o que desejava era morrer, pois a minha vida não me permitira criar significados.

QUIMERA

Sem planos para viver uma vida digna, decidi preparar-me para morrer. Arrumei todas as minhas coisas em caixas. Deitei ao lixo o que não precisava mais de usar. E procurei basicamente limitar minha existência ao essencial: O meu portátil e o sofá para dormir. Isto, num espaço minúsculo no telhado dum edifício enorme, um sótão sem janelas onde o cheiro da morte aumentava perante a ausência da esperança de viver.

Porem, na noite noite de meu trigésimo aniversário, ao chegar a casa e abrir o email, vi a melhor prenda de anos que podia receber. Recebi o convite de uma Universidade na China para ser professor. Uma oferta que não fazia a menor ideia exatamente de onde vinha, pois já tinha passado quase um ano desde que, em desespero, decidi enviar vários currículos por email para todos os cantos do mundo.

Preparava-me agora para dar um salto no vazio, entregar-me completamente nas mãos de Deus, quer ele estivesse ou não a fazer bluff comigo. Ainda recordo o momento em que o avião descolou da pista e meu coração saltitou das impurezas de uma vida miserável, sem esperança e sem amor. Parecia estar a despertar dum coma. Foi um momento de tremenda alegria, à medida que meu país se distanciava cada vez mais, e ficava pequeno entre nuvens.

Já no céu, estava nas mãos de Deus. Ele tinha me entregado a morte desejada, para que passasse a uma nova vida. Pois, nas duas noites anteriores a esta viagem, recebi flashbacks de toda a minha vida, do que perdi e do que ultrapassei com sucesso. Uma mensagem divina sobre o estado do meu carma. Na noite anterior, recebera ainda uma viagem de preparação, em que sonhei estar sozinho num avião enorme. Estava finalmente nas mãos de Deus, pois não se pode jogar tanto como ele como se pode jogar para ele. Totalmente nas nuvens, em mãos divinas, morri para renascer. Recebi a morte que desejei, mas reencarnei no mesmo corpo. Tratava-se do inicio de uma nova jornada.

A estabilidade impede as oportunidades

Três aviões e vinte e quatro horas depois, estava na China pela primeira vez. Pequenas casinhas separadas entre campos agrícolas com toda a certeza não eram descritivos da minha terra natal, onde as casas se amontoam como se todas as pessoas se desejassem ardentemente, o que de facto não é o caso.

Sentia-me muito, mas mesmo muito, bem. A minha vida ia recomeçar. Estava feliz no meio de tanta confusão, com tantas pessoas em meu redor falando uma linguagem que de nada sabia, observando a publicidade chinesa por todo o lado, e tudo o mais que me fazia acreditar ter chegado a um outro planeta.

A chegada ao aeroporto de destino não correu bem como esperava. Perdi uma mala pelo caminho que mais tarde soube que tinha ficado em Beijing. Á minha espera, tinha dois funcionários da universidade onde iria trabalhar. Ao entrar no carro deles, tive a sensação de estar a ser transportado por algum tipo de organização mafiosa. Ambos sentados na frente, pouco ou nada falavam. Mesmo quando eu tentava conversar algo, pareciam não entender bem o Inglês.

A distância percorrida era longa, mas finalmente lá cheguei. O apartamento que me foi providenciado era enorme, maior do que imaginei. Só a sala era maior que todo o meu antigo apartamento. Dentro do frigorífico, encontrei bolachas e bananas que bem me caíram no estômago, pois não tinha nada para comer nessa noite. Era tarde e estava tudo fechado.

A casa enorme e tão vazia, limpa e pura de tão nova que era, havia sido, sem dúvida alguma, feita para me receber. Era tarde, e, por isso, deitei-me pouco depois para dormir na enorme cama. Há muitos anos que não dormia numa cama mas, mais que tudo, há muitos anos que não me sentia em paz no meu sono. Nessa noite, realmente descansei meu espírito, como uma nova alma acabada de viajar até um novo nascimento.

Na manhã seguinte, uma das funcionárias veio até ao meu apartamento para me receber. Sentia-me verdadeiramente importante e respeitado e a minha alegria era impossível de ser escondida. Fui acompanhado até à secretaria da Universidade onde, depois acompanhado por outra das funcionárias, fui convidado a conhecer o campus universitário. Estava fascinado com tanto jardim, árvore e, sobretudo, tranquilidade. Para mim, era como se tivesse falecido e entrado no paraíso. Estava finalmente em paz.

Quando me perguntaram, depois de ser escoltado pelo campus, se estava interessado em assinar o contrato, não hesitei em responder que sim. E, horas depois conheci o Diretor do meu departamento, bem como o seu colega. Achei um pouco intimidante as muitas perguntas que o Diretor me fez em tom sempre amigável, sobre a minha experiência profissional, bem como a análise aprofundada que fez das minhas competências. Isto foi para mim tão estranho como o facto do outro professor não querer dizer nada. Mas estava na china, um país do qual nada sabia. Portanto, nem o facto deles não terem um programa de ensino com os assuntos previstos para ensinar me incomodou ou causou estranheza. Estava feliz e tudo estava ótimo para mim.

No dia seguinte, conheci o professor Italiano. Caminhava como um alienígena saído dum filme de ficção cientifica e tinha uma cara a lembrar um goblin do filme o senhor dos anéis, com seus grandes olhos e nariz pontiagudo. Apanhei um susto, mas falei amigavelmente com ele, relatando meus receios, anseios e necessidades. Ele mostrou-se compreensivo e passivo. Disponibilizou-se a apresentar-me outros professores e a encaminhar-me pela cidade para fazer compras.

Pouco tempo depois estava a fazer compras com a professora espanhola, a professora chilena e o professor Italiano - as minhas primeiras amizades. A espanhola tinha uma aparência bem interessante, mas não se mostrou muito entusiasmada em conhecer-me. Mais tarde vim a saber que ela sofria de uma espécie de complexo psicológico. Tinha dificuldades em confiar nos homens. Mas, há alguma mulher que não tenha?

Ao chegarmos, visto que me encontrava num apartamento maior e mais afastado, sem informações sobre as aulas de chinês na Universidade, dirigi-me ao bloco de edifícios de apartamentos para professores estrangeiros para verificar o horário das aulas. Existiam quatro portas diferentes e, por razões que só na minha intuição encontram resposta, escolhi a porta número dois, naquele preciso instante. Estava a observar a folha quando algo em mim me ordenou que esperasse.

Após alguns segundos, a porta abriu, e Peppe, o professor Italiano, entrou, acompanhado duma professora. Algo nela prendeu a minha atenção e fez-me sentir como estúpido.

- Olá David, esta é a Bianca, professora de Francês. Disse Peppe num tom amigável.

- Olá!, respondi eu, sem saber bem o que dizer.

- Olá, vives aqui?, respondeu ela alegremente.

- Não. Vivo junto dos professores chineses porque o meu chinês é excelente.

- A sério?, questionou ela intrigada com a minha piada.

- Não (...entre risos).

Subitamente, pareceu-me que ela não tinha percebido meu tom irónico, e não gostou. Passou por mim, subiu a escadas, mas, inesperadamente, voltou-se para trás e perguntou: - Queres vir ao meu apartamento?

Peppe ficou surpreendido e eu ainda mais. Não sabia que responder. Será que estávamos apaixonados? Não tinha a certeza e não podia ter. Creio ter respondido algo como...

- Fica para a próxima.

Nesse dia tinha pouco tempo livre. Mas, sinceramente, acho que o meu estado de choque era tal que não podia precisar com toda a certeza as palavras que proferi. Tudo o que sei é que a partir desse dia a minha vida mudou por completo, pois pensava nela a todo o momento. Tudo o que queria era ir às compras com as professoras e Peppe, o Italiano, por razões óbvias.

Na primeira vez que começámos a trocar palavras no supermercado, perguntei a Peppe, bem conhecedor da cultura chinesa, se sabia onde podia comprar Goji. E, ele respondeu que não sabia o que era isso, mas Bianca respondeu de imediato: - Eu sei onde encontrar.

Levou-me com ela e dava para perceber que o entusiasmo dela comigo era tão grande como o meu por estar com ela. Apenas tinha mais medo de o demonstrar. Estávamos os dois completamente apaixonados, sem dúvida. Era um facto óbvio a ambos, mas duvidado pelos dois. Seria uma atração tão forte real? Este era nosso pensamento mais comum.

No dia seguinte recebi um telefonema dela: - Peppe vai organizar um jantar para nós. Queres ir comigo comprar o vinho?

- Sim. Respondi sem hesitar por um segundo.

- Eu também posso ir sozinha, não me importo e se calhar é melhor. Respondeu ela usando a minha falta de confiança contra mim para me testar.

Queria tanto estar com ela que não pensei em mais nada e disse de imediato: - Percebo bastante de vinho. O que não era verdade, pois nem sequer bebo.

Na festa acabei sendo desmascarado, apesar dela não ter percebido antes desse momento, enquanto fazíamos compras.

Durante o jantar, não conseguia tirar os olhos dela. O modo confiante como caminhava, as suas curvas, os seus olhos sensuais e meio orientais, tudo isso me deixava completamente louco. Tentava manter a compostura mas era difícil e, por vezes, lá tinha que disfarçar que estava a observá-la como um leão esfomeado.

Nos dias seguintes notava que ela me evitava, talvez por temer o que sentia. Mas sempre tentava estar perto quando Bianca falava com alguém.

Os primeiros encontros

A minha máquina de lavar roupa era bem pré-histórica e, em conversa com outras professoras do grupo, disse que não entendia muito bem como aquela máquina funciona. Ao que, Bianca respondeu que podia usar a máquina dela.

Perfeito, pensei eu. Uma oportunidade para passarmos tempo juntos caída do céu, ou mais propriamente da boca dela. A professora Chilena disse de seguida que também podia usar a máquina dela mas, entre a mulher dos meus sonhos e uma Chilena rabugenta com idade para ser minha mãe, ou mais que isso, a escolha estava certamente feita. Apesar de que fiquei embaraçado com o facto de ter de optar e com o gozo de Bianca ao encaminhar-me para a Chilena.

Bianca tinha certamente percebido que me sentia sexualmente atraído por ela, e usava isso agora para criar um jogo comigo e se fazer difícil. No entanto, como não lhe telefonei, tentando vencer o jogo criado por ela, telefonou-me nessa mesma noite. E, finalmente entrei em seu território.

Enquanto a roupa lavava, sentámos para beber chá e conversar. Mas confesso que me sentia intimidado, pois havia qualquer coisa nela que me fascinava por completo. Quando me sentei, escolhi o canto oposto do sofá em que ela se aconchegou.

Observava-a intrigado enquanto falávamos, para tentar compreender o que se estava a passar comigo. Entretanto, a conversa fluía tão bem que rodámos o temporizador da máquina várias vezes.

- Talvez a roupa ainda não esteja bem lavada. Dizia ela por vezes. - É melhor recomeçares o processo.

Durante três noites seguidas de lavagem de roupa e conversas pelo meio, disse-me que gostava muito de falar comigo, porque era a única pessoa com quem ela podia falar sobre todo o tipo de coisas. Quanto mais tempo passávamos juntos, mais tempo queria estar com ela, mais a desejava, mais a queria beijar.

Começámos a encontrar todo o tipo de pretextos para nos encontrarmos e a sair juntos, só nós os dois e não com nosso grupo. Mas, não estávamos preparados para uma nova relação e, principalmente, não tão depressa. Acabáramos de chegar á China fazia três semanas apenas. A tensão emocional e o facto de que ambos desejávamos esta relação, ao mesmo tempo que temíamos aceitá-la, esta sempre presente. Apesar disso, íamos a jardins e restaurantes como dois namorados.

Durante estes momentos em que saíamos juntos, verificava nela comportamentos um pouco estranhos. Mostrava-se extremamente interessada em mim mas ao mesmo tempo apresentava medo das consequências, medo de gostar de alguém. Um dia tentei falar com ela sobre isso mas sem grande sucesso. Ela não gostou da conversa. Felizmente porém, não afetou a relação e continuámos a sair juntos.

Um dia estávamos a conversar sobre suas experiências no México quando lhe falei que tinha dado aulas de defesa pessoal no passado. Ela mostrou-se entusiasmada e interessada em aprender. Disse que nunca ninguém lhe tinha ensinado. Portanto, combinámos para um dia no final da tarde, fora do horário das aulas, no meu apartamento, porque era bem mais espaçoso.

Apesar de acabar por me esquecer desta promessa, ela lembrou-me mais tarde e fizemos a aula. Chegou ao meu apartamento vestida da pior forma possível, com um fato de treino preto, uns ténis velhos e o cabelo desarranjado, talvez para me desencorajar de tentar ensinar mais que algumas técnicas de rua.

Apesar de meu profissionalismo no que fazia, nossa proximidade, estando olhos nos olhos, começava a acentuar ainda mais o que já existia. Quando peguei nas mãos dela, para o ensino de algumas chaves defensivas, fluiu em mim uma energia que entrou diretamente no meu cérebro. Se existiam dúvidas antes, haviam sido dissipadas neste momento. No final do treino parámos para beber água, e quando ela disse: - Está na hora de ir embora, senti que não mais queria que ela me deixasse:

- Não vás. Tenho algo importante para te falar.

QUIMERA

Ela assustou-se e insistiu em ir embora, mas continuei: - Não vás, porque tenho que dizer-te isto agora.

Quando as palavras começaram a sair de mim, Bianca enrolou-se dentro de si própria de tão intimidada que se sentia. E, enquanto permanecia sentada, confessei-lhe que a amava, e que não conseguia continuar sem ela: - Adormeço a pensar em ti, acordo a pensar em ti, e estou durante o dia todo a pensar em ti. E, nunca me senti assim por ninguém antes, razão pela qual me sentia tão confuso sobre o que se passava entre nós. Quando estás perto de mim, sinto-me diferente, meu coração bate mais rápido e sinto-me nervoso, como nunca antes me senti perto duma mulher.

Bianca não tinha palavras para responder, e começou a chorar, enquanto procurava esconder suas mãos com a face: - Acho que devo ir embora. Mas, obrigado. Respondeu-me comovida.

Embora me sentisse desiludido com a atitude dela, estava também cansado de tanto jogo, e satisfeito comigo mesmo por ter colocado as cartas na mesa e deixado tudo claro pela primeira vez. Sentia uma mistura de alivio com desilusão dentro de mim. Portanto, deixei-a ir.

- Trancaste a porta? Perguntou enquanto desesperadamente a tentava abrir.

A pergunta e a atitude pareceram-me totalmente desapropriadas: - Ora, que pergunta mais estúpida, depois do que eu disse.

Dirigi-me para a porta e abri de imediato, afastando dela logo depois. Mas, Bianca aproximou-se para me dar um beijo de despedida na boca.

Não me parecia um beijo de quem queria ficar, mas mais de quem queria agradecer, pelo que deixei-a partir depois desse momento.

O dia seguinte

No dia seguinte Bianca telefonou-me, dizendo que queria falar comigo. Mas, assim que abriu a porta, afastou-se de mim, baixando o olhar.

Decidi tomar a iniciativa e dei-lhe um grande beijo apaixonado, que não recebeu grande reciprocidade. Quando nos sentámos para conversar percebi porquê: - Acho que é melhor pararmos por aqui.

- Se não queres esta relação nunca mais me vais ver. Respondi confuso com a atitude dela, mas também revoltado com seu comportamento.

- Podemos continuar a ver-nos.

- Não. Se não queres assumir uma relação comigo, nunca mais te quero ver, pois seria para mim demasiado doloroso. Tens a certeza de que é isso que queres?

- Não sei, respondeu Bianca agora confusa com minha reação.

- É bom que saibas, pois a partir deste dia, se não quiseres a relação, eu saio por aquela porta e não volto a olhar para trás. Respondi-lhe sem qualquer dúvida nas minhas palavras.

Ela hesitou: - Não tenho a certeza. Mas depois confessor: - Eu quero a relação, mas e se não resultar?

- O esforço é mútuo e, se nos amamos, não vejo como não resultaria. Estamos sempre juntos e bem durante todo este tempo.

Bianca concordou em assumir a relação, ainda que tivéssemos decidido mantê-la privada, e beijámos.

Nos dias seguintes saímos sempre juntos como dois namorados, pois tudo o que queríamos era estar juntos. Existíamos como se fossemos uma só pessoa. Falávamos durante horas e horas sem fim, e as conversas fluíam para os mais diversos assuntos. Também nos beijávamos como se nos conhecêssemos há centenas de anos, e mais parecia que estávamos a construir uma nova forma de diálogo com os beijos, pois eram sempre diferentes e prolongados. Éramos como duas almas que se conheciam há milhares de anos e se tinham reencontrado após um longo desencontro.

As primeiras discussões

Pequenas discussões começaram a acontecer com alguma frequência. E isso começava a abalar a relação e a minha autoconfiança. Uma dessas primeiras discussões, por exemplo, resultou da forma como pegava nela e a beijava. Disse-me que a beijava sem emoções e esse comentário não só não fazia sentido como me magoou. Era como se ela estivesse a pôr à prova a minha estabilidade emocional e a tentar minar a minha autoconfiança. Este comportamento da parte dela colocou-me preparado para sair da relação, e foi o que fiz no preciso momento em que o disse, sem lhe responder aos telefonemas.

Na manhã seguinte, por email, e já mais calmo, exprimi-me com maior clareza:

Bianca, Procurei fazer-te fazer-te feliz porque eu mesmo tenho dificuldades em sorrir. Só consigo sentir essa felicidade através de ti. Mas, se tentares fazer de mim alguém que não sou, estás a seguir o caminho das pessoas que na minha vida me rejeitaram. Se rejeitas o que sou estás a rejeitar-me. Não esperes que sinta coisas que não consigo sentir e não esperes que pare de ter capacidades que tenho. Se não amas a pessoa que sou não me amas a mim. O que me fizeste ontem foi uma rejeição. Eu amo-te, mas nossa relação nunca irá funcionar se não me amares. Disse-te que a única forma de terminar esta relação é se tu o decidires assim. Parece-me que estás a decidi-lo. Ainda te amo muito e ainda acordo a pensar em ti. A cada dia que passa, amo-te mais, mas a cada dia que passa, sinto-me mais rejeitado por ti. Pensa no que estás preparada para aceitar antes de pedires desculpa e depois me fazeres sentir a dor da rejeição. Eu não sou muito diferente de ti. À minha maneira, eu também vivo, como tu. Ama-me ou rejeita-me.

Este email resultou num pedido de desculpas da parte da Bianca. Um pedido sincero e dramático, enquanto se ajoelhava na minha frente pegando nas minhas mãos. E, por esse motivo, voltei para ela, grato pela sua compaixão.

No entanto, não tardou a que esta situação sofresse repercussões, devido à sua ansiedade e dúvidas perante o que eu sentia por ela, pois no mesmo dia, à noite, discutimos novamente devido ao comportamento dela. Desta vez, a sua reação foi oposta à que havia tido durante a manhã. E, sentindo-me rejeitado, mas amando-a profundamente, enviei o seguinte email à noite.

Bianca, Hoje estava a jantar na cantina e observei dois cozinheiros. Um tinha a chama do fogão muito alta. O lume praticamente subia à altura da sua cara. O outro tinha o lume no mínimo. Ambos terminaram de cozinhar ao mesmo tempo. Tivemos problemas em apenas uma semana. Um depois do outro. A chama dos nossos conflitos era alta, mas acredito que no fim o resultado pode ser o mesmo que o destes dois cozinheiros. Disse-te que estava preparado para manter a chama acesa, acontecesse o que acontecesse, e tu prometeste não ter atitudes radicais novamente. Hoje dei-te uma oportunidade para falarmos, ainda que não me sentisse bem, mas tu não estás a fazer o mesmo. Não me parece que estejas a ser sensata. Não sou tão paciente como tu. Não posso apenas ficar quieto a observar o que nos acontece. Hoje não serei capaz de dormir. Estou a fazer por ti o que nunca fiz por ninguém. Estou a lutar para manter a relação, não obstante o quão doloroso isso possa ser para mim. Não quero que me temas ou que me tires do teu coração. Não existem motivos para isso. Deixa-me falar contigo. Prometo ser breve. Irei esperar pela tua mensagem. Não sejas a rocha que me pediste para não ser. Eu amo-te.

Dias depois desta mensagem, ela insistiu para que me mudasse para o apartamento dela. Aconteceu muito depressa e não me sentia preparado para partilhar uma casa com outra pessoa. Inacreditavelmente, tinham passado apenas

quatro semanas desde que havia chegado à China, e apenas duas semanas desde que a tinha visto pela primeira vez, e já estava a viver com Bianca, acreditando ser esta a mulher da minha vida.

Onde o coração vive

Tanto de bom numa relação entre duas pessoas que haviam sofrido bastante na vida era de certo modo desconcertante, e foi desse choque com a felicidade que aos poucos a estabilidade do relacionamento começo a ficar abalada. Bianca era dez anos mais velha do que eu, quase com quarenta, e sentia-se menos estável do que eu. Os seus receios rapidamente se apoderaram da sua mente e, lentamente, os testes á minha personalidade e fidelidade começaram.

Os primeiros testes eram essencialmente testes de confiança. Ela tinha medo de me perder e, por isso, testava o tempo todo a minha reação, nomeadamente criando ciúmes. Também tinha medo que pudesse ser agressivo, e tinha medo que fosse ciumento ao ponto de restringir a sua independência, e, finalmente, tinha medo que a abandonasse ou que a maltratasse de algum modo. Eram muitos medos para uma pessoa que me dizia ter sempre tido namorados maravilhosos. Custava-me demasiado a crer. Não fazia sentido. Seria eu o pior deles todos? E se sim, porque é que ela dizia sentir comigo o que nunca sentiu antes? Porque é que ela tinha pavor de me perder e nunca tivera esse medo antes? Os seus testes eram sistemáticos e cada um mais irritante e doloroso que o anterior. Lembro os momentos em que me desligou o disco externo do computador em pleno funcionamento, sabendo que me poderia fazer perder muitos documentos importantes, ou o momento em que eu estava a cozinhar o jantar para os dois e ela me disse no final que não ia comer porque não tinha fome, e já tinha jantado com um colega, o qual, por sua vez, andava atrás dela há muito tempo e não sabia que ela estava comigo.

Durante esse atritos, Bianca não me pareceu preocupada com os meus sentimentos, mas tão-somente com os seus. Quando me via magoado, ainda que não lhe respondesse, ela provocada uma reação: - Como podes estar assim? É só um hambúrguer! Só por um hambúrguer com meu colega ficas assim?

Na verdade não era só um hambúrguer. Cada vez que íamos ao McDonalds ela ficava a olhar para mim dizendo que não comia carne de daquele sitio. Recusou por inúmeras vezes almoçar ou jantar comigo nesse local. Mas não o recusou com um colega que até estava interessado nela. E há ainda finalmente o saber que iria cozinhar para ela e esperar o momento final em que estivesse tudo pronto para mo dizer. O propósito de me irritar era demasiado explícito. Mas creio que o verdadeiro propósito era criar ciúmes para analisar minha reação. Talvez pretendesse saber se eu era mais um dos muitos namorados ciumentos que havia tido no passado. Certamente fazia sentido. Mas porque é que tinha que pagar pelos seus problemas? E porque é que ela haveria de trazer o seu passado para dentro de uma relação que florescia como uma flor maravilhosa? O medo dela estava a deteriorar sucessivamente a relação. Mas não parava por aqui. Como quase numa psicose, Bianca fez bem pior. Procurou tudo o que me pudesse incomodar, analisando sistematicamente as minhas reações no dia a dia. Recordo, por exemplo, um dia em que estávamos num restaurante e um empregado não parava de olhar para ela. No inicio mostrei-me incomodado e ela começou a discutir comigo, provocando-me: - Vais ter que te habituar. Se começares com ciúmes vais de certeza me perder. Disse-me numa atitude arrogante, que não lhe iria permitir.

- Ora, na verdade, se não olhares também para ele, é possível que ele não olhe para ti.

Ela não gostou da resposta mas admitiu minha razão. Nesse momento, sentiu-se intimidada por mim e, como uma criança contrariada e mimada, recusou olhar para ele.

Apesar disso, duas semanas depois voltámos a esse restaurante, e pelo que me pareceu, a vingança dela estava planeada. Mal viu o mesmo empregado, disse-me com tamanha prepotência: - Vou falar com aquele empregado que é o meu preferido.

Desta vez não lhe respondi, pois a intenção era por demais óbvia. Seus comportamentos tornaram-se tão premeditados que comecei simplesmente a ignorá-la.

A partir daí, começou a discutir comigo por causa do meu silêncio. Ou seja, não podia ser ciumento e ao mesmo tempo era suposto que tivesse ciúmes. Não sabendo que jogo era o dela, recusei-me a jogá-lo e a dar-lhe o domínio de minhas emoções. Mas ela insistia, tentando-me beijar quando me via aborrecido.

E, como recusava o avanços, ela usava esta desculpa como motivo para terminar o relacionamento. Era como se, de uma forma muito doentia, necessitasse de sentir domínio total sobre a relação.

Tentei resolver o problema, mas ela nunca quis admitir más relações no passado. Dizia sempre o contrário, que todos eles eram melhores do que eu. No entanto, admitiu que estava a provocar-me por medo que a abandonasse, e também admitiu que tinha medo de mim, por a fazer lembrar os pais que a tinham maltratado em criança.

Estas confissões, apesar de significativas, não foram o suficiente para terminar com os problemas. Pois, a partir desse momento, Bianca desenvolveu outro receio, o medo de mudar. Ela estava a mudar muito com a relação e estava apavorada com as mudanças. Havia se acostumado por demais á sua personalidade, a qual, apesar de ser uma personalidade autodestrutiva, era a personalidade que ela conhecia e por isso não a queria perder. O seu medo de mudar, de deixar se ser como se conhecia, fez com que recusasse ouvir-me sempre que tínhamos problemas, acusando-me de tentar manipulá-la.

A partir daí, procurou conseguir domínio de todos os problemas e discussões e, com isto, passámos de duas semanas de paz absoluta, para momentos de destruição crescente. Bianca estava a deixar-se apoderar novamente pelos medos. Criou cada vez mais discussões, começou a evitar-me e finalmente decidiu expulsar-me de casa.

Depois de me implorar para voltar, essas expulsões começaram a tornar-se mais uma de suas armas para me rebaixar sempre que me tinha na mão. E tal comportamento começou a afetar minha estabilidade emocional, provavelmente tal como ela pretendia, numa atitude muito sádica. Os medos dela acabaram se tornando também os meus. Mas parecia que, enquanto eu fica mais instável, ela ia ficando cada vez mais confiante perante minha falta de confiança.

Esta situação levou-me a tomar uma decisão radical. Decidi ficar dois meses sem a ver, em meu país, para avaliar a relação à distância. Inventei a desculpa de que tinha vários assuntos para resolver e que haveria tempo para estarmos juntos.

Esta foi a primeira vez que a vi demonstrar claramente muito medo de me perder, e foi também a primeira vez que fez esforços constantes para me fazer sentir bem. Durante as últimas semanas antes de partir, fizemos amor como nunca e com muita frequência diária. E, sempre que me via incomodado com algo, apressava-se a abdicar do seu ponto de vista para aceitar o meu. Foi mesmo muito cuidadosa o tempo todo e até ao dia em que apanhei o táxi para o aeroporto.

Na manhã em que tinha que apanhar o táxi ela estava em lágrimas. Havia colocado várias velas na casa e, quando acordei, passámos algumas horas juntos antes da partida. Foi um momento muito intenso e dramático.

Quando nos despedimos, não podia deixar de sentir que estava a dizer adeus também a um sonho.

O passado impossibilita o futuro

Ao chegar ao meu país, agora afastado de Bianca, comecei a recordar todas as nossas conversas de maneira diferente. Lembrei as muitas conversas em que me dizia que já tinha tido sexo com imensos homens, durante muitos anos e desde muito cedo. O orgulho que ela sentia ao dizer isto fazia-me sentir que estava a namorar uma prostituta ou, pelo menos, uma ninfomaníaca. Depois comecei a lembrar os jogos de ciúmes que fez comigo, as gozações que fazia ao meu comportamento e à minha personalidade. De repente, todas estas memórias começaram a encaixar, e fiquei com a ideia de que não estava com uma mulher normal, mas sim uma perversa sexual que andava a brincar comigo. Não consegui falar com ela durante este período. Ela, por sua vez, pressentindo que algo se passava de errado, ligou-me inúmeras vezes por dia e sem parar, até que tive mesmo que atender o telemóvel: - Tens que mudar. Tens que parar de me magoar e dizer adeus o tempo todo.

- O que queres que faça? Queres que me mate para provar que te amo?, disse num tom irritado.

- Apenas quero que prometas que vais mudar de comportamento.

Ela concordou, mas fiquei sem saber se poderia acreditar em sua palavra.
Depois deste incidente, decidi não telefonar até que ela me telefonasse, o que só aconteceu ao quinto dia: - Porque não me telefonaste?
- Queria saber se me irias telefonar depois do que aconteceu.

- Ah, Estavas a testar-me como a um animal. Respondeu irritada.
- Não, simplesmente não sabia o que dizer.

Bianca decidiu cobrar por esta atitude, vingando-se mais uma vez: - Tive um problema cardíaco por causa de ti e passei os últimos cinco dias no hospital. Estava sempre à espera que me telefonasses e nunca o fizeste. Sabes que mais? Para mim está tudo terminado. Não quero mais esta relação.

Dito isto desligou a chamada.

Depois disto, sempre que lhe telefonava, dizia estar na presença de amigos e a divertir-se. Mas, o seu constante tom jocoso e confiante, deixava-me a pensar que estaria iniciando uma nova relação, ou talvez voltando a um relacionamento antigo. E comecei a preparar-me para o facto de a perder.

Na busca da verdade sobre o que estava realmente a acontecer, procurei dois videntes, para confirmar suas respostas comparando-as. Uma vidente, já com bastante idade, disse-me que ela andava a brincar comigo como se eu fosse um brinquedo. Referiu-me que ela tinha perturbações mentais e que usava as suas manipulações para me controlar, mas que não gostava realmente de mim. Disse ainda que ela pensava que ficava a ganhar mas ia perder. Disse que ambos íamos conhecer outras pessoas. No caso dela um homem mais velho e no meu caso uma mulher mais nova. Mas ela ia ter insucesso, porque iria encontrar um homem que a iria controlar, e eu teria sucesso, encontrando uma pessoa que me iria ajudar.

Realmente, o colega que andava sempre atrás dela era mais velho que ela. E, de acordo com o segundo vidente, um senhor de meia-idade, ela andava a criar discussões porque já me andava a trair.

Não me contentando com estas respostas, procurei compreender esta história melhor com a ajuda de uma psicóloga amiga. Esta, ajudou-me a perceber que fui manipulado e que Bianca não me amava de verdade. Ajudou-me ainda a perceber que o excesso de confiança dela, e as mentiras que propagava o tempo todo, são um sinal claro de alguém que anda a brincar e a manipular, mas que não gosta verdadeiramente.

Depois de esclarecido sobre tudo o que se passava mas não conseguia ver, decidi parar de lhe telefonar durante mais de duas semanas. Tinha aceite o destino tal como era. Mas, o mesmo não aconteceu com Bianca, que começou a sofrer de ataques de pânico. Começou a telefonar-me dezenas de vezes por dia sem parar e enviava várias mensagens dizendo que estava a sofrer.

QUIMERA

Não compreendi este pânico repentino, mas também não tinha razões para responder. Nunca atendi nem respondi a nenhuma mensagem, mas Bianca, agora apavorada com medo de me perder para sempre, telefonou sem parar durante vários dias.

Quando apanhei o avião de volta para a China, estava diferente. Não mais era o mesmo homem apaixonado por uma louca. Ainda a amava, mas estava a reaprender sobretudo a amar-me a mim mesmo.

A nossa casa está onde estamos

Cheguei de surpresa numa noite de fevereiro e Bianca não me esperava. Tive que bater à porta dela, apesar de já serem dez horas da noite, pois a chave do meu apartamento e todas as minhas coisas estavam no seu apartamento.

Pensava que trazia comigo coragem suficiente para enfrentar a situação, mas na presença dela fraquejei e muito. Ela, por sua vez, apesar de nos últimos dias ter estado o tempo todo a tentar falar comigo, não vacilou nem um pouco com a minha chegada, e parecia muito diferente, muito magra e deprimida.

Não sabia bem o que dizer, enquanto ela pegava nas minhas coisas e mas entregava em mãos. Sentei-me no final para conversar com ela, mas em tom de voz baixo e fraco, dizia-me que não queria mais a relação. Portanto, peguei nas coisas todas e fui para o meu apartamento. Apesar de que, depois de a ver, não conseguia mais garantir minha força de vontade.

Já no meu apartamento, não conseguia ligar a internet, e telefonei-lhe a pedir que me abrisse a porta para ir buscar o cabo. E, quando me ia despedir, tudo aconteceu de novo. Ficámos juntos nessa noite. Por muito que me custasse admitir, só me sentia em paz junto dela, e não afastado. Não consegui resistir.

Essa paz, no entanto, não durou muito tempo. Ela andava agora mais irritada e instável que nunca. E eu tinha a sensação de que ela havia feito algo do qual tinha medo que descobrisse. Nunca ficávamos juntos mais do que dois ou três dias, sem que ela criasse propositadamente o conflito e se sentisse instável, terminando de seguida a relação.

Felizmente, após algumas semanas haviam chegado dois novos professores, de Espanha com quem comecei a sair junto com frequência. Mas, achei estranho Bianca estar tão entusiasmada com estes, convidando-os o tempo todo para sua casa. Algo que, acabei aprendendo a usar contra ela.

Lembro uma noite em que discutiu comigo e me pôs fora de casa, e fui de seguida falar com seu vizinho da frente, um desses Espanhóis. Estava tão habituado à situação, que acabei me divertindo com ele a falar de imensas coisas. Ela, que ouvira os meus risos, não aguentou e passou a noite toda a telefonar-me. Mas eu não atendi.

Já estava a dormir, eram duas da manhã, quando acordei com as chamadas dela e atendi o telefone. Bianca estava a chorar e a soluçar.

Perguntei-lhe se queria vir ter comigo para falarmos. E, fiquei surpreendido por ela ter vindo a correr e a tremer. Passámos essa noite juntos.

Apesar disso, as brigas continuavam a ser contínuas e, por vezes de modos muito desrespeitosos. Bianca também começou a mostrar um comportamento muito insano, pois escutava atrás da porta as conversas que tinha com seu vizinho Espanhol. Numa dessas conversas que tive com ele, resolvi testar o que já desconfiava há muito tempo, e abri a porta repentinamente, ao que Bianca tentou correr pelas escadas abaixo, não conseguindo fugir a tempo. Acabou fazendo uma cara de criança apanhada em flagrante e bufou de irritação. Eu nem respondi, pois só conseguia rir do seu comportamento imaturo e ridículo.

Comecei aos poucos a afastar-me mais dela, aproveitando o facto de já não vivermos no mesmo apartamento desde que havia chegado. Mas, vendo que me começava a afastar, Bianca decidiu começar a enviar emails mais reveladores, tentando com isto despertar compaixão em mim:

"David, Sei agora que me desliguei durante muito tempo a quaisquer sentimentos. Durante um longo período da minha vida, inconscientemente, acreditei que experienciar situações muito extremas era a única maneira de sentir alguma coisa. Depois, mais tarde, percebi que me pus em perigo muitas vezes, apenas para ter um momento de emoção intensa que todos sentem menos eu. Obviamente, tinha que mudar este comportamento, na medida em que se estava a tornar muito arriscado e pouco saudável viver assim. Então, decidi mudar para uma estratégia completamente oposta por uma vida mais segura. Fechei-me a qualquer sensação para o meu próprio bem. A verdade é que me tornei muito aberta em oferecer às pessoas o que eu própria era incapaz de receber. Devotei-me por completo aos outros, vendo esta solução como bastante confortável, pois pensei que era feliz e fazia as pessoas em meu redor também felizes. O que te disse antes (que estavas a viver num castelo feito por ti para que não pudesses ser magoado), é um jogo que eu mesma joguei, embora com regras diferentes. No meu caso, o propósito não era proteger-me para não ser magoada (na medida em que é o único sentimento que eu realmente e verdadeiramente experiencio), mas não sentir. Pensei que era perfeito. Depois, tu chegaste na minha vida, trazendo contigo um amor que eu não conseguia manifestar. Um amor que tentei muitas vezes mostrar sem sucesso. Com o que és e os sentimentos que tinhas por mim, arrastaste cada sensação mais profunda, cada memória enterrada dentro de mim há imenso tempo e o resultado é que desmoronei por completo. Não podia reconhecer o modo como me estava a comportar; Não reconheci o meu velho eu. Rejeitei o teu amor porque não conseguia lidar com ele. Os sentimentos que tínhamos um pelo outro, as sensações experimentadas, eram tão fortes que não conseguia mais lidar com isto. Então, pouco a pouco, pus-te fora do meu corpo, da minha vida, do meu coração. O que tu dizias muitas vezes, que estavas a tomar grandes riscos em ajudar-me a mudar, infelizmente, apesar dos teus receios, aconteceu. Espero que saibas que estou arrependida de te ter magoado, mas recebe esta carta como um presente pelo que desafiaste em ti a fazer por mim. Pois podes ver o resultado do teu trabalho: eu a escrever sobre sentimentos e sendo completamente honesta comigo e contigo. Creio que estou no caminho certo para a minha recuperação. Desejo que um dia possas falar comigo novamente sem a dor que coloquei entre nós."

Apesar da carta aparentar sinceridade, sabia que desta vez tinha que estar mais atento. Portanto, mantive meu silêncio durante semanas, só respondendo depois:

"Bianca, Desculpa se te magoei ou se não confiei em ti o suficiente. Mas tudo proveio do medo de ter perder. O mesmo medo que tens em relação a mim. È porque nos amamos tanto que o medo existe. Irá desaparecer com o tempo. A perfeição não vem num só instante.

É construída, tal como uma escultura. Aquele que vê beleza consegue encontrá-la numa rocha e fazer algo belo dela, porque a beleza já existia aí. Nós tornamo-nos rochas, mas construímos a beleza que estava por dentro com o nosso relacionamento. Não precisamos de pedir nada um do outro porque o amor constrói tudo para nós a partir do que já temos. É porque consigo ver beleza dentro de ti que te posso amar. O tempo e a vida fazem o resto. Estas duas últimas semanas foram perfeitas. Foi o medo de nos perdermos um ao outro que arruinou tudo mais uma vez. Tudo o que faço é para manter a tua felicidade. Sei que precisas de mim fora da tua vida para encontrar o trabalho que precisas na cidade que queres, sem qualquer compromisso a impedir-te. Sei que é isso que te fez pensar tanto sobre a relação nos últimos dias e dizer coisas que me fizeram sentir magoado. E é porque sabia isto que te evitei. Quero a tua felicidade mas também te amo com todo o meu coração. Por isto, procurei te deixar partir. Queria deixar-te decidir por ti mesma se eu era merecedor de fazer parte da tua vida. Por vezes, a dor de respeitar as tuas decisões é insuportável, mas faço o meu melhor. É porque te amo tanto que te magoei. Desculpa. Não se trata tanto de confiar em ti como do medo de ter perder. Amar-te é um propósito na minha existência que me traz mais alegria que qualquer outro, mesmo que esse amor passe por deixar-te partir."

Como se não bastasse, cada vez que discutíamos, via-a a sair sempre com o mesmo colega. Era sempre com o Barnabé que ela se divertia. O tempo que passava com ele, sempre que terminava a relação comigo, dava-me a sensação de que não se preocupava minimamente com os meus sentimentos. Um dia, vi-a sair com esse colega às quatro horas da tarde e a chegar alegremente à meia-noite com ele.

Quando voltámos a estar juntos e a confrontei com o facto de passar o tempo todo com esse colega, ela respondeu-me: - Mas à noite é contigo que eu durmo.

Fiquei a pensar nesta afirmação e no que realmente significaria. Mas também me indignei com o facto de que, sempre que falava dele, ela irritava-se, como que a protegê-lo.

QUIMERA

Sabia que este tipo de comportamento não podia durar muito tempo, e mais cedo ou mais tarde teria que deixar de a ver, o que só poderia ser possível mudando de cidade. No entanto, ela passava o tempo a oferecer-me a oportunidade para viver com ela num outro país. As minhas mensagens para ela começaram a tornar-se mais fatalistas e insistentes no facto de requerer que ela assumisse mais honestidade, o que, de de modo algum, nunca consegui:

"Bianca, No início terminaste a relação muitas vezes e depois pediste desculpa. Depois disso terminaste várias vezes e vieste até mim a chorar para mantê-la. Após esses momentos, passaste dois meses afastada de mim e a tratar-me como se eu fosse lixo, dizendo que não querias mais esta relação. Depois, com medo que eu não voltasse, tinhas tanto medo de me perder que me telefonas-te todos os dias. Eu voltei para ti porque acreditei em ti e porque, depois de tudo o que fizeste, seja eu louco ou não, o facto é que ainda te amava. Na China, novamente, terminaste a relação muitas vezes. Quando comecei a afastar-me, tentaste conquistar-me de volta. Se não o conseguisses, não comerias e não dormirias. Depois criaste conflitos maiores, desta vez com agressões físicas da tua parte. Mas, quando percebeste que podias me perder para sempre, quiseste que voltássemos a ficar juntos. Agora temos uma semana livre para estarmos juntos e recuperarmos do nosso passado, e tu terminas este relacionamento no primeiro dia, ironicamente, depois de dizeres que não esperavas mais nada e de dizeres que não me querias deixar partir, e também depois de dizeres, e cito: "Quer deixar-te mas não consigo". Poderás acreditar que te estou a analisar, enquanto eu acredito que estou a tentar compreender-te, para ser capaz de ver como queres ser amada. Á medida que as lutas continuavam, também os teus motivos mudaram, todas as vezes que eu resolvia um problema, como se quisesses manter as guerra entre nós.

1º Discutimos porque tinhas medo de me perder;

2º Discutimos porque pensas que tenho vergonha de mostrar uma namorada mais velha à minha família e aos colegas de trabalho;

3º Discutimos porque me queixava dos teus comportamentos o tempo todo;

4º Discutimos porque acreditas que te quero mudar para alguém que não és;

5º Discutimos porque dizias que não te ouço;

6º Discutimos porque dizias que discutimos o tempo todo (hummm... confuso, não?);

7º Discutimos porque me sinto inseguro na relação (e uau, isto durou dois meses, talvez porque tens muito medo de me perder, acredito);

8º Discutimos porque tu acreditas que sou agressivo e posso te magoar (o que é deveras interessante, na medida em que tu é que foste agressiva fisicamente, e aparentemente, pelo que me contaste, não foi a primeira vez que o fizeste a alguém);

9º Discutimos porque dizes que te mago-o com palavras;

10º Discutimos porque dizes que não me expresso (o que ironicamente comecei a fazer depois de dizeres que te magoava com as palavras, palavras essas que não eram mais que o meu apontar ao modo como me magoas);

11º Discutimos porque dizias que não sou romântico;

12º Discutimos porque dizias que não sou carinhoso;

13º Discutimos porque afirmavas estar infeliz comigo;

14º Discutimos porque me vias infeliz;

15º E o relacionamento tornou-se tão ridículo perante as tuas reclamações constantes, que agora discutes comigo quando não te beijo. Mas sim, fomos muito felizes. Nos dias em que acreditavas que podíamos ser felizes sem discussões e os sonhos estavam a tornar-se realidade. Viste-o muitas vezes, mas tens tanto medo de acreditar, pois para ti um relacionamento é como uma guerra sobre controlo e poder. Pergunto-me quem eram os idiotas anteriores na tua vida que arruinaram o teu cérebro em relação a amar alguém. É por existires dentro deste jogo que ficas surpreendida quando o resultado não surge como esperavas. Depois crês que a outra pessoa é confusa. Mas não existe qualquer confusão. Apenas o jogo do poder e a dinâmica do amor não são compatíveis. Amar é abdicar do poder e controlo, é respeitar a outra pessoa. No primeiro dia em que nos beijámos, não me querias beijar. Agradeço o facto da porta não se ter aberto pelo beijo que não queria forçar. No segundo dia quiseste terminar a relação. Não te estou a julgar porque te amo. Sei que todas as pessoas podem cometer erros. Eu não sou perfeito. Eu posso magoar, tal como tu. Posso fazer muitas coisas más, inclusive sem intenção, como tu. É normal cometer erros. E posso compreender também que tiveste uma vida muito difícil. Ao mesmo tempo, também compreendo que é porque a tua vida foi tão difícil que aprendeste a sobreviver duma forma estranha, que te permite agora ser a melhor em algumas coisas e pior noutras. Admiro o que conseguiste na tua vida e admiro a tua coragem em viver, a dedicação ao trabalho e a vontade de ser bem sucedida. Quando te conheci foi como um sonho tornado realidade. Ainda melhor que isso, pois estava fascinado com o facto de termos uma ligação perfeita. Estava muito entusiasmado com isso e deixei-me entrar no relacionamento sem pensar duas vezes. Fiz por ti o que nunca fiz antes por ninguém. Depois vi-te usar a tua inteligência contra ti própria. Tentei te ajudar e essa ajuda virou-se contra mim, na medida em que me culpaste por te fazer sentir mal. Ajudei-me o máximo que pude. Mudei muito para não te dar mais sofrimento. Mas se o teu sofrimento não encontra explicação nas minhas ações, encontra agora nas minhas inações. Portanto, se te beijo mas não pergunto como correu o dia, ou se pergunto mas não te beijo, ou se pergunto sobre o dia de hoje mas não o de ontem, ou se simplesmente esqueço, tudo é razão válida para me culpares pela tua infelicidade. Espantosamente, até acreditas que as flores podem sobreviver durante um mês inteiro comigo porque absorvem a minha energia negativa e vivem disso. Que dizer então do facto delas apenas sobreviverem menos de uma semana contigo? É surpreendente o quanto mudas a realidade para reforçar as tuas necessidades. Precisas de acreditar que sou a fonte do teu sofrimento. Precisas de acreditar que vamos lutar para sempre. Precisas de acreditar que nunca poderemos estar juntos. Deixei-te ir o máximo que podias dentro de mim e ajudei-te a ser o mais feliz que pudesses ser. Em sentido contrário, forçaste-te a acreditar que eras infeliz por minha causa. És infeliz, mas não por causa de mim. Lembra-te das tuas palavras semanas atrás: "Quando todos aqueles estudantes me mostraram todo o seu amor pelo meu trabalho senti um grande vazio dentro de mim e senti muita dor ao ter consciência disso. Acredito que comecei a reconhecer este vazio contigo. Amando-te reconheci que tinha dor dentro de mim". Lembras-te do que te disse?: "É continuando a amar para além dessa dor que a dor se transforma em amor". A luz sempre cria dor. A dor da exposição. Quando expomos as nossas fraquezas, a nossa raiva, os nossos pensamentos mais íntimos, sentimos medo. O medo provem de experiências de dor e a dor significa o inicio da morte. Portanto, se o que traz a luz, também traz a dor, a luz torna-se a morte para aquele em sofrimento. O principal propósito da vida é, por isso, quando podemos amar para além da dor. Deste-me dor porque sentias dor. Dei-te dor porque senti dor. Este ciclo repetiu-se até que o parei dentro de mim, porque queria amar-te para além dessa dor. Quando consegui fazê-lo fugiste porque te sentiste sozinha na tua própria dor. Não sou eu quem te faz sofrer. Tu sentes sofrimento comigo por outras razões. A verdade é que esse sentimento negativo irá diminuir o seu poder aos poucos, até que não mais o sintas. Nesse momento, verás facilmente o nosso relacionamento com alegria e irás te sentir abençoada nele. Se não o fizeres e continuares a evitar-me, um dia a vida irá colocar uma grande barreira entre nós e nesse dia, ainda que eu queira, não poderei mais fazer algo. Já começou. Perdi o meu emprego aqui e agora apenas te vejo dois dias por semana, quando viajo entre cidades. Podia ser pior e podia ser melhor. Os teus pensamentos e ações promovem a realidade que se nos apresenta ao longo do tempo. Se não queres que acredite em nós, o processo irá continuar. É assim que a vida funciona. O que estou a fazer hoje, mais uma vez, é ajudar-te a acordar para o que temos, enquanto o tempo está do nosso lado. Se não o podes ver, tenho muita pena... e adeus. Foram oito meses para aceitar que me amas. Quanto mais tempo e dor precisas para aceitar que me queres amar?"

Não podemos ficar onde não somos verdadeiros

Já a trabalhar numa nova cidade, embora apenas a algumas horas de distância de comboio de Bianca, soube da oportunidade dela poder vir trabalhar na mesma Universidade em que me encontrava. No inicio ela parecia motivada com a ideia, apesar da relação ainda estar bastante instável, mas depois inventou a desculpa de que por motivos cardíacos não podia ir comigo.

Constatei mais tarde que isto era mentira. Ela estava literalmente a evitar partilhar uma casa comigo. Talvez por medo de que as nossas discussões aumentassem. Ainda assim, esta separação que ela estava a aumentar era para mim muito dolorosa de verificar.

Pouco tempo depois, começou a dizer-me que iria trabalhar para a Líbia e que não nos iríamos ver durante um ano, ou talvez para sempre. Disse-me que pretendia estar mais perto de França, para visitar o país com frequência, inclusive um rapaz com quem era suposto ter casado, apesar de não mais pensar casar com este.

Mais tarde, deixei claro o que sentia e pensava da decisão dela, depois de me dizer que devíamos apenas manter uma amizade à distância sem perspetivas futuras:

Bianca, Subitamente, tudo fez sentido. E ainda que todas as pessoas (incluindo tu) me dissessem que estava a namorar uma mulher louca, para mim, não existe insanidade sem uma lógica que a criou e que pode fazer o contrário, trazendo a sanidade de volta. Esta lógica estava em falta, para associar todas as peças do puzzle. Sabia que havia alguém na tua vida, mas não podia imaginar algo como o que me contaste. Não queria acreditar, mas tudo fez sentido. Durante todo este tempo, ainda que não o dissesses, todo o teu comportamento provava que isso seria verdade. Incluindo quando olhei nos teus olhos e perguntei a verdade sobre a razão porque querias ir para a Líbia e tu mentiste com todo o teu corpo e o mais pequeno dos teus músculos. Antes do teu ataque cardíaco tinhas planos para te mudares para França e casar. Com dez segundos no mundo dos mortos, tudo mudou, portanto precisaste de pensar na tua vida. Para isso, mudaste-te para um local muito frio (Changchun). O que não esperavas era apaixonar-te por outra pessoa (eu). E como ainda tinhas planos para te casares, apressaste-te a parar tudo no dia seguinte. A confusão de sentimentos fez-te ficar no meio, indecisa. E a necessidade de esconder fez-te criar problemas para me afastares de ti. Precisavas de desculpas para partir, pois os teus sentimentos não te deixavam fazê-lo. Precisavas de provas de que eu era uma má pessoa para limpar a tua consciência da culpa que sentias. Para isso, tentaste tudo e, durante dez meses, muitas razões foram tidas em consideração para analisar a minha reação. Fui bom demais, na medida em que não recebeste nem uma bofetada depois de me dares tantos pontapés. Isto pôs-te completamente fula, na medida em que aumentou a quantidade de culpa dentro de ti, não apenas pelo que fizeste a outra pessoa, mas pelo que estavas a agora a fazer a esta nova. E com isto os problemas cardíacos voltaram e a morte voltou a bater-te à porta. Pois, com vês, quando magoas um homem de paz magoas-te a ti própria com uma doença. É a vontade da alma, em deixar um corpo com culpa, deixar uma mente perturbada pelo sofrimento. Podes chamar de destino, mas não existe destino sem um caminho. Agora precisas da Líbia para te afastares de duas pessoas e visitar aquela que não vês há mais tempo, porque é ele que está á tua espera. Entretanto, não tens a certeza, portanto precisas que eu também espere por ti. Talvez sair com outros homens seja normal para ti, talvez estar afastada da pessoa que amas também. Mas foi fazendo isso que destruíste um futuro casamento. Não quero ser o segundo a passar por essa experiência e, na medida em que o fizeste aos outros, acredito que possas fazê-lo a mim. Não sou uma mercadoria para ser comparado a ex-namorados ou esperar pela tua aprovação. Disseste um dia que o meu amor por ti iria mudar. Tu criaste essa mudança.

QUIMERA

À medida que entraste na minha vida e te tornaste no meu mundo e, em dez meses, transformaste o meu paraíso em ruínas. Podes vê-lo, na medida em que ainda te comportas como sempre. Mas não sou mais o mesmo e não te olho como antes. Nunca me terás de volta com a tua arrogância, atitude de superioridade, sensualidade, ou o que quer ainda acredites que funciona com os homens em geral ou comigo. A única forma de acreditar em ti novamente é notando-te completamente honesta. Mas, com tantas mentiras como poderei confiar em ti? Chegaste inclusive a dizer-me: "Eu não acredito na honestidade. A honestidade não é boa". Como é possível construir um futuro com alguém que diz isto? Em todas as mensagens que me enviaste dizendo "espero que estejas bem" ou "estou preocupada contigo" ou "boa noite David", como fizeste ontem, gostava que tivesses aberto o teu coração e dito: "Amo-te e não te quero perder"; "Desculpa pelo que fiz, deixa-me ficar contigo, porque és quem quero na minha vida". Mas não o consegues fazer. Até tentas fazer-me vir até ti, em fez de baixares as tuas armas e simplesmente bateres à minha porta como eu fiz por ti tantas vezes. Abdiquei do meu ego por ti o tempo todo. Tu não consegues fazê-lo por mim. Mas no teu egoísmo esperas que eu o faça o tempo todo. Sei mais do que tu, mas não o uso quando quero acreditar em alguém. É por isso que não olho nos teus olhos quando mentes. É por isso que à medida que continuas a mentir imenso eu deixei de olhar para os teus olhos. Quero acreditar em ti. Dei-te dez meses do meu amor. Usaste-o sem nenhuma consideração pelos meus sentimentos ou respeito por mim. Lembraste-te de mim somente na tua solidão e puseste-me fora da tua vida sempre que te apeteceu. Não apresentas qualquer respeito pela vida ou pela minha pessoa. Acredito numa verdade universal, acredito na honestidade, acredito no amor eterno e acredito na total felicidade. Acredito que a vida deu-te uma segunda oportunidade, mas tu estás demasiado enclausurada dentro do teu orgulho e do teu egoísmo para o poderes ver. Vai para a Líbia e poupa dinheiro para o teu casamento. Casa com aquele que é corajoso o suficiente para esperar por ti tanto tempo. Ele dar-te-á a felicidade que és capaz de suportar. Não me verás novamente. Entreguei-me ao sentimento mais forte no mundo, com a pessoa menos cuidadosa para o segurar. Desejo-te o melhor! Desejo-te felicidade! Não irei esperar por ti como os outros na tua vida, mas irei pensar em ti para sempre."

Após o meu silêncio ter perdurado durante vários dias, e vendo que ao contrário do que acontecia antes, não mais a procurava, Bianca enviou-me um email procurando assim reaver-me:

"David, Sei o que está a acontecer contigo e sei que é na maioria culpa minha. Não tens vontade de voltar a esta relação porque fizeste todos os esforços para me deixares ir embora. Talvez não seja o que realmente querias, na medida em que te magoei muitas vezes, mas porque os sentimentos ainda existiam deixaste-te ir. Mas a verdade é que agora não sentes mais alegria comigo e não te sentes seguro. Aqui estão os factos: ainda temos problemas, mas eu comporto-me de maneira diferente. Tento enfrentar os meus medos, falo contigo, expresso o que está errado, ...Sei e entendo que de momento e talvez por um longo período, podia ser tão perfeita como desejas que seja, que irias esperar sempre o pior de mim. É claro, estou extremamente triste em relação às tuas reações, pois pensei que em mudar, tu também mudarias, e serias mais carinhoso e compreensivo. Mas também compreendo o teu comportamento e não te posso culpar porque é normal. Talvez precises de tomar tempo para ti, para ver se realmente te queres involver nesta relação novamente. Eu disse e provei-te que quero construir uma relação, mas desta vez és tu que também tens que fazer esforços. Sabes que te amo, mas isso não significa que te quero forçar a acreditar em mim. Tens a escolha de lidar comigo, amar-me e confiar em mim ou, por causa do que aconteceu no passado e num passado recente entre nós, não queres ou não podes mais. Não quero que nos percamos nesta relação (se existe). Se acreditares nela, eu irei seguir o meu caminho em me expressar mais honestamente para contigo. Se sentes que não podes agora, não creio que serás capaz no futuro, porque não terás quaisquer provas do meu comportamento, na medida em que estarei longe de ti. O que quer que sintas em relação a mim, irei respeitar a tua decisão, pois preocupo-me com o teu

QUIMERA

bem-estar, e irei aceitar o que pensas ser o melhor para ti. Se isto é uma vingança para entender onde falhei, irei aceitá-lo com toda a minha afeição por ti."

45

O adeus

Decidi afastar-me de Bianca para sempre e tomar um novo rumo na minha vida, recusando meu segundo emprego na China para procurar um terceiro, numa cidade o mais longe possível dela. Caso contrário, sabia que esta situação nunca iria mudar, e ela iria sempre me procurar quando me afastasse, algo a que ainda não sabia resistir, pois tinha sentimentos fortes por esta mulher.

A Bianca, por razões que nunca me explicou, desistiu da Líbia, e optou por trabalhar no centro da China, em Dalian. Mas, para mim era igual, estava farto dos jogos dela e já me tinha decidido a abandoná-la.

Não havia nada mais a dizer. Mas agora, percebendo que estava pronto para a deixar partir e vendo que não mais ia atrás dela, não mais pedia pela relação, não mais tentava falar com ela, Bianca começou a sentir-se desesperada. Tentou falar comigo por inúmeras vezes, mas eu desligava-lhe o telefone. Tentou vir falar comigo à porta de casa, mas não lhe dava a liberdade que antes ela tinha. Já não estava minimamente interessado na relação, por mais que a amasse. Ela, por sua vez, saia sempre de minha casa em lágrimas sabendo que não conseguia mais o poder que antes tinha sobre as minhas emoções.

Passaram-se semanas assim. Ela saia à rua sempre que me via, e passava por mim na esperança de que fosse atrás dela, mas nunca fui. Os seus jogos de manipulação e sedução não mais tinham resultado. Chegava mesmo a sair de manhã e à noite para correr, a única estratégia que tinha para superar a dor de perder esta relação, e vê-la à janela a olhar para mim, numa tristeza de quem perdeu algo importante que nunca soube valorizar. Mas, para mim nada justificava voltar para ela, e as suas manipulações apenas alimentavam ainda mais minha amargura.

Apesar de tudo, não pretendia guardar remorsos sobre o sucedido. Dei-lhe a oportunidade de saírmos juntos para nos despedir-mos um do outro, e ela fez um esforço surpreendente para me agradar. Nunca tinha visto tal coisa. Estava a comportar-se de modo perfeito e sabia como o fazer. Mas por ser algo tão novo, também sabia muito a algo artificial.

Esperei para ver o que mais ela iria aprontar e, ao fim de três dias de fingimento, não aguentou mais e pressionou-me: - Ainda me amas ou não?

- Isso não é pergunta que se faça. Respondi, sentindo que esta pergunta não era mais importante.

Mas ela continuou a pressionar e a repetir-se, pelo que já incomodado, respondi-lhe: - Andaste a fingir nos últimos dias e agora exiges algo que destruíste. Não, não te amo!

Dito isto, ela saiu em lágrimas, mas não sem antes lançar nova provocação para se vingar: - Tinha trabalho para ti, para ficarmos juntos, mas se não me amas, não te quero ver mais.

Já estava cansado de tanta mentira e esta provocação só piorou ainda mais o que já sentia em relação a ela. Portanto, quando saiu a chorar, lancei duras palavras por telemóvel e, mais tarde, por email:

Bianca, Não tens ideia do que é o amor, e depois culpas os outros pelo que fazes. Uma manipulação na qual desprezas a outra pessoa sem nenhuma consideração. Não podes perguntar: "Amas-me ou não?" Passei vários meses com uma pessoa que disse que não me amava. Amei-te com todo o meu coração, sem esperar nada e respeitando-te, ainda que soubesse que me amavas e tinhas demasiado medo de o admitir. Querias que dissesse "amo-te" após três dias, depois de te ter amado durante dez meses até que mataste todas as emoções em mim. Não consegues sequer respeitar os meus sentimentos ou assumir as tuas responsabilidades na situação. Apenas exiges, exiges, exiges... acreditas que todo o mundo existe para te servir e até o amor deverá estar disponível quando queres. Não funciona assim. Podes escrever num papel que queres amor na tua vida e ele virá como veio. Mas é da tua responsabilidade mantê-lo e alimentá-lo. O que fizeste foi o oposto. Tinhas uma pessoa a adorar-te com todo o seu coração e olhos em ti e lutaste para matar tudo isso. Agora exiges que este amor volte só porque tu queres. Não, não volta. Tens que fazê-lo crescer novamente a partir da raiz da enorme árvore que destruíste, esperando que cresça novamente. Sim, requer muito tempo e paciência. É muito mais fácil destruir, ainda que esta árvore fosse tão grande e forte que demorou dez meses para finalmente ser mandada abaixo. Com todas as tuas manipulações e mentiras, com todas as separações que criaste, a dor transformou meu cérebro duma forma que não te posso contar, mas é hoje muito mais fácil de ultrapassar do que poderia imaginar. Dei-te todo o meu amor, com todo o meu coração, e a minha vida. Enquanto tu me puseste fora e disseste "não te amo", eu estava a amar-te e numa dor profunda como nunca senti. Escolhi não parar de te amar. Portanto a vida, para me proteger, fez o que a natureza deve fazer, mudou a minha natureza e transformou-me. O amor por ti morreu na forma como existia no início. Decidiste toda a tua vida, escolheste um novo trabalho, enviaste as tuas coisas por correio e limpaste a tua casa. E no final quiseste-me levar contigo como se eu fosse uma espécie de mobiliário. Puseste-me em ultimo lugar o tempo todo e ainda o fazes. Planeaste a tua vida sem mim. Não sinto mais necessidade de ir atrás de ti. Graças a tudo o que fizeste. Desrespeitaste-me por completo, disseste as piores coisas que se podem dizer a uma pessoa que te ama, puseste-me fora da tua vida dezenas de vezes, disseste que não me amas centenas de vezes. Fizeste-me sofrer muito por te amar. Portanto, aqui está o resultado. Do David que te queria de volta o tempo todo, enquanto tu dizias "não, não, não" ...tornei-me o David apático que não mais se importa. Portanto, as lutas que fazes resultam apenas em ti. Há coisas que fazes que são muito maléficas e que eu jamais faria. Eu viria até tua casa e diria: "Eu amo-te, e quero ficar contigo. Ficaria feliz se aceitasses este trabalho que encontrei em Dalian, ainda que não estejamos juntos, pois gosto muito da tua companhia e irei continuar a sonhar até ao dia em que estejamos juntos de novo". Em vez disso, usaste isto como uma carta de jogo. E no final, é como se dissesses: "Não dizes o que eu quero, portanto vou fazer-te sentir dor: Olha! eu tinha isto para ti. Agora não te dou". Isto é muito triste, porque faz-te parecer muito egoísta e rude. Faz parecer que tentaste me manipular e também prova que estás sempre a tentar controlar-me e a punir-me. Mais que isso, és vingativa com a pessoa para com a qual devias te preocupar mais. Eu jamais me vingaria em ti. É doentio sequer pensar nisso. Há coisas em ti que jamais faria porque não estão na minha natureza. Eu nunca repetiria os teus comportamentos para te fazer sentir a dor que me fizeste sentir. Eu nunca te iria manipular para ver se confias em mim ou não. Entre muitas outras coisas que fazes. Fazendo-me sentir raiva (quando me diminuis com a tua agressividade psicológica) e dor (quando me expulsas para fora da relação) o tempo todo, fizeste de mim uma pessoa muito triste. Não admira que não sorria com antes. Queres um milagre agora? Não me peças. Reza! Espero que consigas encontrar a tua felicidade e, se possível, o homem dos teus sonhos! Se, como dizes, ou o único que te fez reagir assim numa relação, não deverá ser difícil encontrar alguém que te faça reagir normalmente e, desta maneira, ajudar-te a ser feliz. Desejo-te o melhor. Com todo o amor que um amigo pode dar."

Depois disto, senti-me culpado e tentei falar com ela pessoalmente, mas, ao entrar em sua casa, deparei-me com uma loucura insólita. Bianca havia escrito as minhas frases negativas enviadas por telemóvel em pequenos pedaços de papel que colou na porta para olhar a todo o momento. Aparentemente, estava a tentar superar o facto de me amar, olhando para aquelas palavras sempre que passava pela porta.

Parei por um moment, e olhei a porta como quem observa um objeto de arte. Estava estupefacto com a criatividade insana desta mulher. Depois, comecei a falar num tom amigável com ela pedindo desculpa, ao que ela reagia com agressividade. Portanto, mudei o tom de voz e a atitude, e decidi deixá-la só.

Talvez tenha percebido que tinha sido ridícula, pois mais tarde telefonou-me para falar comigo e, quando cheguei ao apartamento dela, não mais vi os papéis na porta. Na verdade, minutos de conversa depois, estávamos aos beijos novamente. E, logo depois, voltámos a discutir.

QUIMERA

Sabendo que me podia perder para sempre e muito em breve, tentou falar comigo durante seis dias, numa postura de vitima, sempre a chorar e procurando suplicar pelo meu amor, enquanto dizia que me amava. Mas, quando procurei falar com ela, como sempre, inverteu os comportamentos.

"David, Sei que te preocupas comigo, mas não me amas. Tenho pena que tenhamos que terminar a nossa relação assim, mas isto vai além das minhas forças para o momento, ainda que esteja a ser muito bem cuidada. Não te odeio, mas o meu corpo e o meu coração estão magoados e faço o meu melhor para poder seguir a estrada. Desde que sou muito nova que desejei encontrar o homem dos meus sonhos porque precisava dele por ser fraca (é por isso que mudei para um robot, para poder esperar). Mas graças a este relacionamento, percebi que não preciso de ninguém para tomar conta de mim, pois precisar de alguém é dar a esta pessoa o nosso poder da vida e isso é errado. Amanhã vou sonhar de novo, não importando o que as pessoas possam dizer. Vou sonhar com uma pessoa ideal que possa partilhar o resto da sua vida comigo, mas desta vez não estou mais carente. Isto não é para te fazer sentir mal, mas para te dar um conselho que também podes usar na tua vida."

Na véspera de partir para outra cidade, Bianca arrependeu-se de novo. E, como não lhe abria a porta, deixou presentes, os quais incluíam, entre outras coisas, um leitor de mp3 com música romântica que ela dizia num bilhete ser a lista de musicas que ela fez contando a historia do nosso relacionamento.

Atendendo a este gesto de atenção, fui falar com ela. Mas, quando nossas mãos se juntaram, não pudemos resistir e beijámos.

As ilusões impedem a vida

Vivia agora com a Bianca, e só com ela. Talvez com medo de me perder em definitivo, ela mostrou-se atenciosa. Mas não muito, não tardou a começar os abusos do costume. Durante os últimos dias antes da viagem, quis passear muito comigo, para dizer adeus à cidade e, nestes passeios, mostrou-me todos os locais que eu não conhecia e que escondera de mim, nomeadamente, jardins e restaurantes por onde havia passeado e estado com o colega Barnabé e outros amigos, bem como outros professores estrangeiros.

A dor que sentia à medida que ela o fazia era insuportável. Estava a mostrar-me todos os locais por onde se havia divertido com outros homens, sempre que se afastava de mim. E, talvez em sua própria ignorância, disse, quando nos sentámos à mesa de um restaurante para almoçar, e enquanto olhava para um anel que tinha no dedo: - Nunca ninguém me ofereceu um anel de casamento.

Simplesmente não respondi. Achei totalmente despropositada, abusada e ridícula toda esta atitude arrogante e prepotente. Mas, depois disto, já no jardim, as discussões finalmente começaram, tudo porque critiquei o facto dela falar de assuntos nos quais não acredita, nomeadamente, que se contradiz quando diz que acredita em espíritos mas não acredita na vida alem da morte.

- Então se é assim apenas acreditas na insanidade. Disse-lhe já com a paciência esgotada. As nossas discussões sempre foram ridículas e esta era apenas mais uma.

Na manhã seguinte as coisas continuavam mal entre nós, mas em vez de terminar a relação, decidiu convidar pessoas para casa dela, pois sabia que não gosto de fingir estar feliz quando não estou, e evitaria estar em casa com essas pessoas. Mas, estava também cansado destes jogos, e, como um colega tinha deixado a chave de casa dele num sapato, á porta quando foi viajar, para caso eu precisasse, usei-a nessa noite.

Quando Bianca terminou a conversa com um de seus alunos, telefonou-me vezes sem conta mas eu estava sem vontade de lhe responder. Cansado, já estava a dormir na cama do meu vizinho quando ela me veio bater á porta. Abri, e sem grandes discussões, ela pediu-me para ir com ela. Mas quando peguei na chave da casa de meu amigo, a atitude dela inverteu-se: - É melhor ficares aqui, porque se fores comigo eu não vou conseguir dormir.

Esta jogo psicológico irritou-me profundamente, pelo que lhe disse umas quantas verdades que ela precisava ouvir. E com isto, o relacionamento estava novamente finalizado. Mas, não por muito tempo, como sempre. Bianca haveria de tentar novamente a aproximação, e também terminá-la, desta vez com uma cena de gritaria na rua e mandando um copo ao chão como uma criança mimada. Parecia que o facto da separação estar a chegar, atormentava-a profundamente, mas os seus tormentos eram transformados em ódio contra mim.

Deixei-a nesse momento em que gritava e chorava pateticamente e apanhei um taxi para conseguir chegar a nossa casa antes dela. Peguei nas minhas malas e mudei-as para casa do meu amigo.

Quando ela chegou, já à noite, vinha mais calma e quis fazer as pazes comigo, embora a situação estivesse ainda bastante instável, pois no dia seguinte teríamos que apanhar o combóio para Dalian, isto, se eu fosse com ela é claro.

Propositadamente, ela ofereceu o apartamento a um casal de professores amigos, que se mudaram no momento, para evitar que eu a deixasse ir sozinha. E no final, no momento oportuno, horas antes de apanhar o táxi para ir á estação de comboio, lançou a provocação final: - Se vieres comigo, vens como amigo, porque não quero mais esta relação e depois das nossas férias estará tudo terminado.

- Como amigo não vou. Disse-lhe para ver o que iria responder de seguida.

- Então podes me dar a chaves do meu apartamento para os meus vizinhos., porque vou sozinha.

Atirei-lhe as chaves para o chão, chamei-a de imbecil e maquiavélica, e saí pela porta. E, apenas uma hora depois, telefonou-me a pedir desculpa e pediu para falar comigo

Fui ter com ela simplesmente para me despedir. Só que pediu desculpa e perguntou se queria ir com ela.

QUIMERA

- Como amigo, não irei. Se a relação tem que terminar, termina aqui e hoje. Disse-lhe para a provocar.

- Então vou sozinha. Adeus! Disse-me arrogantemente.

Meia hora antes de apanhar o táxi, telefonou-me a pedir para se despedir mais uma vez.

Fui ter com ela ao apartamento para as supostas despedidas, mas ela quis ir falar na rua. Enquanto caminhávamos silenciosamente, deu-me a mão. E, nesse momento disse-lhe: - Apesar de teres sido uma pessoa especial para mim, estou magoado com tudo o que aconteceu. Mas desejo que sejas feliz!

Percebendo que estava decidido a não viajar com ela, começou a insistir. Mas, eu insisti em retorno, dizendo que não fazia sentido.

Entretanto, o táxi para a ir buscar chegara e ela suplicou para que fosse com ela, agora em lágrimas.

Continuei dizendo-lhe que não era possível e chegara o momento de terminarmos. E insisti para que ela fosse embora. Mas Bianca recusou.

Sugeri acompanhá-la ao táxi, mas ela insistiu que não iria. Sentou-se numa rocha na minha frente e disse que não estava capaz de ir embora. Portanto, insisti: - Vai embora, nem que te tenha que te mandar à força. Mas vais embora!

Acabei levando-lhe a voz em tom ríspido: - Vai!

Perante esta afirmação forte, ela levantou-se e caminhou em direção ao táxi. Mas, metros mais à frente, parou e voltou para trás: - Eu não vou sem ti. Eu amo-te!

- Só poderia ir contigo se tivéssemos uma relação normal e pudesses prometer fazer os possíveis para ficar comigo. Disse-lhe, já confuso e sem saber o que pensar. Pois, acreditei que desta vez, na força das emoções, ela pudesse estar a ser sincera. E, Bianca obviamente, prometeu mais uma vez se comportar como uma pessoas normal.

Os primeiros sinais de que tinha feito algo errado, começaram logo dentro do taxi no caminho para a estação de comboios: - Tens a certeza de que é isto que queres?, questionou ela.

Tinha uma sensação profunda e forte de que não deveria estar dentro daquele táxi, mas os sentimentos por ela ainda eram fortes. Estava novamente a arriscar-me a perder, como sempre.

Ao me despedir de casa dela, percebi que este local me mostrou que sempre trazemos connosco o que construímos no nosso coração. Estava a trazer desta casa o que havia fabricado lá, um conjunto imenso de experiências. Era como se o espaço simbolizasse um túnel de emoções, uma escuridão de muitas experimentações, onde o instinto e a emoção tomam controlo. Era como que uma casa de sonhos não pertencente ao mundo real, uma habitação que existiu apenas e especialmente para nós, e que se transformou por si, à medida que a relação acompanhava esta transformação.

Onde recuperamos

A viagem de comboio passou rápido e a relação com Bianca estava a transformar-se à medida que saíamos da cidade onde vivêramos toda a nossa experiência. E, já em casa do nosso ex-colega Peppe, agora a viver em Dalian, Bianca estava diferente. Talvez porque estivesse sobre vigia por um terceiro elemento, mantinha a sua postura sóbria, a sua fachada de sempre e não fazia provocações.

Este estado calmo não poderia durar muito tempo, como era costume. No segundo dia começámos outra discussão por motivos ridículos. Tinha me magoado num dedo ao transportar as malas de viagem, e enquanto dávamos as mãos, ela estava a tocar nesse local, pelo que tentei parar-lhe a mão. Mas ela continuava a insistir, pelo que tive que lhe dizer: - Para porque me estás a magoar o dedo da mão.

- Porque estás a gritar comigo?, perguntou ela de imediato, enquanto largou de minha mão.

- Não estou a gritar, mas tão-somente a alertar que meu dedo está dorido e quando o tocas dói-me. Respondi em tom calmo e sério.

Mas Bianca não gostou da minha atitude e amuou. Separou-se de mim, colocou as mãos nos bolsos e começou a chorar sozinha, escondendo-se por detrás de seus óculos para que ninguém reparasse nisso.

Como não tinha feito nada de errado, ignorei-a na sua atitude infantil. E, pouco tempo depois já estava a dizer-me outra vez que não me amava, e que não devia ter ido com ela na viagem. Pelo, que lhe respondi que me iria embora para que não houvessem mais problemas. Estava cansado de seus comportamentos imbecis, infantis e neuróticos, bem como sua falta de respeito pela minha decisão de viajar com ela. Vencido pelo cansaço emocional, à chegada ao apartamento de Peppe, comecei a fazer as malas para partir.

Quando Bianca percebeu que me ia embora, mudou radicalmente seu discurso: - Não vás.

- Eu não sou quem tu queres que seja e estou cansado de te ver sempre a queixar de mim. Disse-lhe, já pronto a me ir embora de vez.

Perante a permanência integra do meu discurso e atitude de partir, sem aceitação de desculpas, Bianca pegou nos meus dois braços e suplicou a tremer: - Por favor, não vás.

- Já não tenho mais forças para suportar estes teus comportamentos. Não devia ter vindo. Estou cansado de tudo o que me fizeste durante um ano e não suporto mais ver-te a sofrer e a queixar-te de mim. Eu não sou quem queres, não sou quem te faz feliz e, por isso, prefiro ir-me embora do que continuar a ver-te em lágrimas o tempo todo.

Bianca parou de chorar nesse instante e, num tom de voz alterado de fraco a forte, afirmou: - Eu vou ser forte pelos dois. Eu sou capaz. Tu és a pessoa que amo. És a pessoa que quero na minha vida. Não precisas de fazer esforço nenhum. Eu farei tudo. Mas por favor fica!

Dei-lhe mais esta oportunidade sem grandes expectativas. E, durante os dias seguintes, fez um esforço enorme para me manter por perto, sempre com medo que comprasse a passagem de avião para me ir embora. Mostrava-se muito carinhosa e amorosa o tempo todo e não mais reclamou de nada. Parecia outra pessoa.

A aceitação do que não pode mudar

Bianca pensou em estar a sós comigo para corrigir nossa relação, pelo que acabámos indo para um hotel longe de Peppe. A chegada ao hotel era promissora. A relação estava mais estável, mas não por muito tempo. Após pequenas discussões constantes, a discussão que nos afastaria finalmente ocorreu no final de um almoço:

- Está aqui na folha todo o dinheiro que me deves. Inclui também o táxi. Não preciso, mas como tu és sovina, quis incluir tudo ao mais pequeno pormenor. Disse Bianca enquanto mostrava um papel com todas estas informações contabilizadas.

- Achas que sou sovina?, questionei-a, tentando perceber a verdadeira intenção da pergunta.
- Sim, acho!, respondeu com firmeza.
- Ai sim?. perguntei novamente em tom sério, esperando que ela despertasse para a estupidez da sua afirmação. Mas ela insistia...
- Sim, acho.

- Ok. Respondi sem argumentar. Sua estupidez ultrapassava-me, pois na realidade esse almoço foi a primeira vez que ela pagou o que quer que seja. Durante um ano inteiro, fui sempre eu a pagar tudo para ambos.

- Desculpa ter-te chamado sovina. Disse Bianca depois, percebendo que eu estava incomodado. E, continuou a quer insistir no controlo da situação: - Porque estás assim, se eu já pedi desculpas?-

- Estou magoado e não tenho vontade de falar, mas estou aqui contigo.

- Se quiseres ir embora, podemos nos encontrar mais tarde.

Não fui e Bianca manteve-se comigo. Acabámos depois num café e ela não dizia nada esperando que eu falasse algo. Mas eu sentia-me cansado dos seus comportamentos. Pelo que, ela começou a chorar: - Porque não dizes nada?

- Não tenho nada a dizer.

- Tu não me amas. Tens fingido para mim, até na forma como fazemos amor.

Irritei-me profundamente com a insinuação: - Durante os seis primeiros meses da relação tu nem sequer conseguias dizer que me amavas. Magoaste-me durante muitas formas durante um ano e agora questionas se te amo?

Bianca começou a chorar ainda mais, levantando-se para ir embora: - Vou para o hotel. Quando quiseres vai ter comigo para nos irmos embora.

No entanto, permaneci no mesmo lugar a descansar a cabeça desta insanidade por mais uma hora.

Quando cheguei ao hotel, pegámos nas malas para voltar à casa de Peppe. Íamos sem nos falarmos, quando ela começou a abrandar o passo para testar minha reação.

Parei metros à frente para a esperar, quando ela finalmente disse algo: - Porque é que magoas tanto?

- Não te faço nada, mas acho que não sou o homem que tu queres. E, quanto mais ela se lamuriava, mais eu reafirmava a mesma frase: - Eu não sou o homem que tu queres.

- Não vou contigo. Vou ficar no hotel por mais dias. Vai tu sozinho! disse-me irritada.

Cansado da sua imaturidade, abri minha mochila para lhe dar o que lhe pertencia e segui depois o caminho sozinho. Já em casa do Peppe, que entretanto sabia o que se tinha passado, soube que ela não ficara no hotel no centro da cidade, mas pelo contrário vinha a caminho. Pensei que tinha ganho consciência dos seus comportamentos e viria para junto de mim, mas não foi o caso. Ficou num hotel perto da casa do Peppe.

Durante os dias seguintes, esperou que lhe pedisse desculpas, o que nunca aconteceu, pois não tinha nada para lhe dizer. Estava farto de pedir desculpas por algo que não tinha verdadeiramente culpa.

QUIMERA

Durante os cinco dias seguintes, Bianca deslocava-se até casa do amigo quando eu não estava presente, e deixava-me recados escritos na cama onde dormíramos. Mas os recados eram sempre bastante agressivos: - Vai-te embora. Para mim está tudo acabado!

Soube também que ela tinha perguntado a Peppe a data exata e hora em que eu iria apanhar o avião para partir. Portanto pedi a Peppe que não lho dissesse, a fim de não prolongar mais estes jogos ridículos.

Entretanto, Bianca decidiu enviar-me um email:

"David, A nossa última conversa escrita através das mãos e palavras do Peppe deram-me mais sofrimento que tudo o que suportei este ano. Deixei-te em Dalian porque não conseguia suportar o facto de não me amares mais, de estares a fingir que do meu comportamento a nossa relação estava dependente. Sim, estava triste ao ver tua raiva, tua tristeza, tua indiferença em relação aos meus sentimentos, à minha alegria em estar contigo, ao meu amor por ti, ao meu corpo, à minha mente,... Sim, deixei-te porque compreendi que me mentiste, que tudo o que eu pudesse fazer não era e nunca seria suficiente. Sim, deixei-te para que te sentisses bem com alguém que te poderia ouvir e dar-te a hospitalidade de que precisas. Fizeste-me pagar o preço de te ter dado sofrimento, fizeste-me ver que não era nada como as outras pois não conseguia te amar como és. Como não foste capaz de escrever algumas palavras para mim, mostraste-me que não merecia estar contigo. E que posso dizer? Talvez estejas certo. Mais uma vez gostava de pedir desculpa pela dor que te dei, por não te poder amar como querias. Gostaria de pedir desculpa por não ter o nível que queres que tenha. Perdoou-te pelo meu sofrimento, pela culpa que me deste."

No dia seguinte ela foi falar com o Peppe e cruzou-se comigo por diversas vezes, mas ignorei-a, pois havia já comprado o bilhete de avião, e a última coisa que precisava naquele momento eram mais torturas emocionais. Mas, Bianca telefonou-me depois, ao fim de algumas horas, através de um número não identificado, para ter a certeza que atenderia a chamada: - È só para dizer que amanhã irei buscar o resto das minhas coisas de manhã. Apesar de teres-me mentido e não me amares, espero que estejas lá para me dares o que quero. Podes deixar à porta. È o mínimo que podes fazer, já que estás a usufruir da casa dele.

Ignorei-a, pois nessa mesma manhã apanhei o avião para Guangdong. Mas, deixei-lhe uma longa carta de despedida nas mãos de Peppe, uma carta que considerei como a última, pois não a queria ver mais:

Amei-te como nunca amei ninguém em toda a minha vida. Ajudaste-me a encontrar felicidade na vida e significados para viver. Queria casar o mais cedo possível e começar a criar uma vida contigo; Estava pronto para ter filhos contigo, construir um sonho e trazê-lo à realidade; ...mas (como afirmaste no inicio da relação) estava a sufocar-te com o meu amor. Depois começaste a rejeitar o meu amor de muitas maneiras diferentes. Cada uma delas tão dolorosa como se alguém estivesse a arrancar a melhor parte de mim. O meu coração sofreu o ataque de muitas setas (as tuas palavras mais duras):

- Não te amo;

- Em breve este amor irá desaparecer;

- Todos os meus ex-namorados eram melhores do que tu;

- Fazes-me infeliz;

- Não confio em ti;

- És violento e agressivo;

- Menti-te, não quero saber de ti e nunca te amei;

- Destruiste o meu amor por ti;

- Não és o homem que quero na minha vida;

- Prefiro ter uma vida simples do que ter amor;

QUIMERA

- Prefiro ter um homem carinhoso do que um homem apaixonado como tu;

- És imaturo. Quero um homem a sério;

- A tua ajuda magoou-me;

- Eu pareço uma morta-viva devido a esta relação contigo;

- Esta relação está a pôr-me doente;

- Tal como o meu, o teu amor por mim irá transformar-se noutra coisa qualquer;

- Iremos ambos encontrar alguém para amar e isso é o melhor para nós;

- Se ficar contigo, serei infeliz toda a minha vida;

- És diabólico;

- És mau;

- És mentiroso;

- És ganancioso;

- És esquisito;

- És estúpido;

- És violento;

- Sempre te irei magoar e nunca irei mudar;

- Não acredito mais nesta relação;

- Serei feliz, mas não contigo;

- Quero que encontres outra pessoa para amar.

A violência física foi também, por certo, uma grande seta no meu peito. Especialmente quando disseste que o havias feitos por causa das minhas palavras. Bianca, se achas que a violência física é desculpável devias questionar os que foram agressivos contigo no passado pelas suas razões, pois tenho a certeza que todas as pessoas têm os seus próprios motivos. Nunca foste feliz comigo não importando o que eu fizesse. As razões para a tua rejeição sempre foram diferentes:

- Não te preocupas comigo;

- Não és romântico;

- Não tens interesse na minha vida;

- És demasiado centrado em ti;

- Não te importas com os meus problemas.

Compreendo que no fim de tudo isto tenhas tentado alterar o teu comportamento mas não o conseguisses. Mantivestes as mentiras e as manipulações. Toda a experiência nesta relação se transformou noutra coisa, certamente, tal como previas quando dizias: "O nosso amor transformar-se-á em outra coisa assim que te deixar". O meu amor por ti tornou-se um ato de compaixão em vez de dádiva de amor, à medida que a minha dor se transformou em conhecimento e a relação se formou em sabedoria. Durante toda a experiência que tive contigo consegui criar o perfil do homem ideal para ti, o qual nunca serei. E é por isto que te disse: "Eu não sou a pessoa que queres amar". Estas são as características da pessoa que queres amar:

Rico – Disseste muitas vezes que necessitas de luxúria.

Estúpido – Se ele é estúpido não poderá ver as tuas técnicas de manipulação, tais como "graças a mim estás mais feliz", "graças a mim não estás a ter férias miseráveis", "Sempre sei o que é o melhor para ti", "não como por causa de ti", "não durmo por causa de ti". Ele não poderá ver que o teu controlo numa relação (um controlo de que necessitas porque não consegues realmente amar ninguém sem medos) é sempre baseado na mesma estratégia: A culpa e o respeito próprio dos outros associado a uma dependência nas tuas ações. Ele não poderá ver que tomas a sua felicidade dento do teu mundo, e o controlas fazendo-o sentir que és a fonte dessa felicidade.

Não-Artista – Os artistas são demasiado sensíveis. Eles sentem em demasia a dor. Portanto, precisas de alguém que não seja tão "suscetível" e "sensível" como costumas dizer. Precisas de alguém que possas magoar sem qualquer remorso, porque não consegues gerir a dor dos outros, especialmente se és responsável por esta.

Baixa autoestima – Na medida em que necessitas de te queixar do comportamento do teu parceiro e das suas ações, sem quaisquer repreensões em retorno, a única forma para te sentires perfeita no teu comportamento é vivendo com alguém sem autoestima, pois assim poderás te queixar sem qualquer feedback.

Independente – Precisas de um homem que não precise de ti. Porque neste sentido podes fazer o que quiseres sem ter que dar justificações ou perguntar primeiro. Podes dizer adeus e desaparecer por completo sempre que querias e ser aceite sempre que voltas. Poderás dizer "não te quero ver mais" e parar de o ver durante semanas até sentires saudades, por razões meramente sexuais ou não. E se sentires apenas saudades por questões sexuais, poderás usá-lo como uma prostituta e dizer adeus no dia seguinte tal como fizeste comigo.

Carinhoso – Precisas de um homem que apresente diariamente provas físicas do seu amor para poderes acreditar que és amada. Ele deverá dar-te flores, pulseiras, brincos, anéis, etc. De outro modo não irás confiar no seu amor. As palavras não têm impacto em ti, a menos que carreguem dor. Portanto, poderia dizer "eu amo-te" durante um ano inteiro e nunca acreditarias.

Ingénuo – Porque todas as vezes que disseres "vamos esquecer o passado" ele será capaz de o fazer, acreditará em ti, e depois poderás magoá-lo novamente exatamente do mesmo modo como sempre fizeste.

Mais velho – Pois assim não sentirás vergonha de o apresentar aos teus amigos, colegas ou estudantes. Se ele for mais velho não lhe dirás que é imaturo, não o desrespeitarás, e não te comportarás como se fosses superior porque ele terá mais experiência de vida.

O que eu vi no inicio, quando te conheci, era muito óbvio. E é um facto que se tens medo de amar irás dar dor a todos os que te amem, na medida em que acreditas que te podem magoar. Magoando-os magoas-te a ti mesma e crias o teu próprio ciclo de reforço de uma crença pessoal. Em psicologia isso é chamado de profecia autorrealizável. Ainda vejo em ti a pequena menina que vi no inicio, segurando um enorme escudo para proteger o coração numa mão e uma espada enorme na outra mão, apontando a todos aqueles que tentam tocar no seu coração frágil. Este é o teu carma, um orgulho desenvolvido para te proteger da humilhação. Foi o medo que criou todas estas qualidades que formaram a tua personalidade e te encurralaram na tua própria criação: a tua armadura. Quando menos amor tiveres de mais admiração necessitas. Mas recuas o amor focando-te na necessidade de ser admirada. A desonestidade é uma armadilha que te prende nas tuas certezas mentais, as quais não possuem conexão com a realidade, apesar de esperares que os outros acreditem nelas. Seguiste o teu orgulho em vez do amor. Mas o verdadeiro amor não é egoísta. O amor que não pudeste aceitar começou a matar-te. Quando vi o teu rosto a transformar-se numa imagem de morte, quando te vi numa dor que te tornou tão fraca que não podias parar de chorar e sentir-te a pior pessoa no mundo, quando vi que podias matar-te por causa de mim, quando vi tudo isso, desisti. Neste amor deixo-te partir. Hoje viro a página da minha vida. Amanhã começo uma nova vida. Ao ver as tuas palavras antes de partir, ouvir a tua voz ao telemóvel, ver as tuas mensagens escritas no papel ou observar os teus comportamentos, posso constatar que é verdade o que dizes: Tu nunca irás mudar. Por favor sê feliz! E que todos os teus desejos se realizem! Serás sempre o meu pequeno anjo."

A resposta de Bianca perante a minha partida inesperada não tardou:

"David, Ao chegar ontem ao meu apartamento temporário, senti a necessidade de to oferecer. Enquanto outros o poderiam ver como um local velho no topo de um edifício velho, eu vejo-o como um presente, pois estava destinado a ser nosso. O número do apartamento é 151, é velho mas é grande, com um terraço, e está localizado atrás do parque onde passámos os últimos dias juntos. Não estou a tentar jogar contigo ou fazer-te sofrer. O que estou a dizer é que desde que cheguei estou a apreciá-lo como se estivesses aqui comigo. Passei, desde que nos separámos, horas em sofrimento, sendo ciumenta do Peppe, por ser capaz de te dar o que esperas receber, chorando, pensando em ti o dia todo e esperando por um sinal teu. Talvez o Peppe tenha razão ao explicar muitas vezes que é melhor não nos vermos novamente, pois posso apenas te magoar e hoje estamos separados. Mas como tu, sou capaz de ouvir os outros e não me importa o que eles pensam. E é provavelmente por isso que não podíamos confiar na nossa relação. Gostava de ter podido entender a tua linguagem e ter podido preencher a tua falta de confiança com o meu amor por ti. Mas senti. Ainda que saiba que não me amas mais, que estás a sofrer, que preferes estar num outro local do que comigo, queria apenas despedir-me apropriadamente de ti. Portanto, como sou teimosa, tomo o meu direito sem te pedir permissão para dizer adeus ao homem que amo e que me fez experienciar e descobrir tanto sobre mim mesma durante este ano. Como estás todos os dias mais e mais consciente das tuas responsabilidades, toma de volta agora o teu poder na vida e mostra a ti mesmo e ao mundo que és forte, destemido, e amoroso. Não importando a distância, o tempo ou a idade, o meu coração está sempre contigo."

Durante os cinco dias seguintes, passou o tempo a chorar e a sofrer com o facto de eu ter partido. Enviava-me emails o tempo todo e mensagens para o telemóvel. Falava como se a relação não estivesse terminada, estava o tempo todo a dizer-me para ter coragem, que estaria comigo o caminho todo, que me amava, etc. Ao fim de quatro dias, começou a perceber que podia não mais voltar para ela e, por isso, as mensagens que enviava eram agora a suplicar para que lhe falasse.

Finalmente, decidi atender um de seus telefonemas: - Apesar de tudo o que escreveste na carta e do que sentes, eu amo-te!, disse Bianca, apesar de não parecer muito interessada na ideia de a visitar.

No entanto, ainda não estava preparado para terminar com a relação, apesar de pensar que sim. Acabei apanhando um avião para a visitar. Fechei a porta do meu novo apartamento e levei uma pequena mala preparada á pressa com algumas roupas.

Ser autorizado a viver

Bianca esperava-me ansiosamente no aeroporto desde cedo. O que sentíamos ainda era muito forte e abraçamo-nos quando cheguei. Mas, em simultâneo, não podia deixar de sentir uma dor profunda no coração, ao saber que ela havia preferido ter o colega de trabalho Barnabé, com quem estava sempre a passar o tempo, como seu colega novamente no novo emprego e cidade. Foi também difícil de suportar o facto de que poucos esforços fez para passar os poucos dias que tinha comigo. Não só preferia estar com o colega, como insistia para que eu fosse com eles. Os argumentos eram vários, como: "Coitado, que ele está sozinho"; "Preciso falar com ele sobre as aulas", ou ainda, "ele vai-nos mostrar a cidade".

Qualquer que fosse o argumento, vê-la repetir a mesma atitude, depois de ter apanhado um avião de propósito para a ver, era demasiado avassalador. Não queria estragar o momento e suportei bastante. Mas, a última réstia de paciência desapareceu de mim, quando no último dia antes de partir, ao gravar músicas que me oferecera, descobri ficheiros meus no computador dela. Fiquei estupefacto ao ver imensos ficheiros pessoais que ela havia roubado de mim.

Descobri que tinha copiado emails importantes que trocara com outras pessoas, emails esses que incluíam, por exemplo, conversas com ex-namoradas. Mas também havia copiado todos os meus livros e informações sobre projetos pessoais. E, percebi que a sua única intenção era obter informação suficientemente precisa para me manipular de modo mais eficiente e não para me compreender como pessoa.

Fiquei chateado, mas como ia apanhar o avião, não lhe disse nada.

Ser aceite

Após a minha chegada a Guangdong, recebi o convite para trocar para um novo apartamento, muito maior que o anterior, com uma varanda e vista para as montanhas.

Ao fechar a porta do apartamento anterior, fiquei com a sensação estranha de que este apartamento tinha tido uma dupla função: Curar um coração partido e possibilitar uma transformação emocional. De uma forma ou de outra, com ou sem viagem até Dalian, mais propriamente Lushun, aquele apartamento tinha cumprido a tarefa de receber a minha dor. E, o novo apartamento, serviria de entrada num novo estado de espírito, que não podia ser conseguido sem antes limpar as emoções com a ajuda de um outro espaço.

Bianca telefonava-me todos os dias, dizendo que tinha saudades minhas, mas a hipocrisia de suas palavras deixava-me a sentir muito mal comigo mesmo.

Além disso, não me permitia a mesma liberdade para telefonar de volta. Dizia o tempo todo que não tinha tempo para falar comigo e que só podia escrever. Portanto, acabei por decidir eliminar o contacto dela, proibindo-a assim de me contatar.

A partir daí, Bianca começou a deixar mensagens de que tinha vindo à internet de propósito para falar comigo e que tinha passado os últimos dias a pensar em mim. Mas minha paciência tinha há muito ultrapassado os limites e escrevi-lhe:

"A pessoa que se preocupa contigo, tentará compreender-te, e nesse esforço verá os teus erros. Pedes muito sem dar em troca. Não sou um idiota e não irei fechar os olhos às tuas atitudes só porque precisas disso. Espantosamente, partilhaste mais tempo com o Barnabé do que comigo. Ainda me pergunto porquê... Depois de todos os esforços que fiz para a nossa relação funcionar, sei que tentarás manter este amor à distância durante não sei quanto mais tempo. Não entendo que tipo de amor desejas realmente ter comigo. Realmente, não sei que pensar quando dizes "só queria ouvir a tua voz", ou "ainda que não estejamos juntos, preciso que sejamos amigos". Penso se realmente desejas um relacionamento comigo. Depois de planeares a tua fuga, questionas porque deixei de acreditar na relação ou porque deixei de confiar em ti. È tão óbvio que me pergunto se estás a fazer de mim estúpido. Na minha vida, e a menos que esteja louco...

- Não irei casar com alguém que não consegue viver comigo;

- Não irei querer ter um filho com alguém que não consegue sequer aceitar-me;

- Não irei partilhar uma casa com alguém que luta para viver em segredo;

- Não irei partilhar um negócio com alguém que apenas trabalha para o seu próprio benefício;

- Não irei confiar em alguém que rouba o meu conhecimento.

Tenho a certeza, em toda a dor que o amor possa trazer quando a tempestade destrói os seus frutos, que todos os psicólogos, psiquiatras e pessoas saudáveis no mundo concordariam com isto. Não tem a ver contigo. Tem a ver com a própria vida. Que o próximo homem que amares tenha o que não conseguiste me dar: Respeito, Compaixão e Compromisso."

Ao sexto dia, após o envio desta mensagem, Bianca responde:

"Querido David, O propósito deste email é ajudar-te a não te preocupares comigo. Não podia falar ou escrever-te antes mas agora estou melhor. Escrevo-te para dizer que quero terminar esta relação contigo. Enquanto te escrevo esta carta, sei que toda a minha vida irei ter saudades da minha doçura. Este simpático, elegante, talentoso e inteligente jovem homem que me fez acreditar no amor e me ajudou a ser mais eu própria através dele. Mas é por causa do resto que queria, que decidi e hoje escolhi seguir o resto da minha vida sem ti. Obrigado meu amor por toda a magia que trouxeste para a minha vida, obrigada por todos os teus lindos presentes, o teu lindo sorriso e as tuas gargalhadas. Estarei sempre aqui para ti pois estou sempre enquanto penso em ti."

Esta foi minha resposta:

"És uma vampira de sangue frio sem compaixão ou emoções. Nos teus momentos de agonia, a tua mente tornar-se-á clara, e sofrerás o poder da consciência. Quando isso acontecer, teu coração irá sofrer pelo que te fizeste perder. Tê-la-ás sozinha até aos últimos dias de vida. Porque depois de mim, não poderás arriscar novamente escrever num papel: Quero amor; Quero o homem dos meus sonhos. E não poderás escrever novamente que queres resolver o teu carma. Porque Deus deu-te essa hipótese e tu recusaste, pois o poder da consciência era demasiado forte para ti. No dia em que morreres verás qual é realmente o significado da vida. Gostava de te ter podido ajudar a ver, mas não tenho esse poder. És uma aluna lenta pequeno anjo, e estás demasiado longe da verdade. Dei-te a luz que precisavas na tua escuridão, mas és agora uma criatura das trevas. Desprezas toda a luz, todo o amor e liberdade de consciência. Sugaste a minha última gota de sangue. Tiraste a última energia que restava em mim. Ganhaste. Mas, no dia em que te vi pela primeira vez, sabia que já tinha perdido. No dia em que disse "amo-te" estava a render-me. E se na tua vida desejares morrer, lembra-te, meu pequeno anjo, é apenas a falta de amor, não do mundo, mas de ti própria. Adeus!"

A resposta da consciência

Enquanto estava revoltando com tudo, tentando recomeçar minha vida mais uma vez, minha consciência começou a processar um conjunto de pensamentos sobre assuntos que antes não tinha notado. Comecei a perceber que, muito provavelmente, Bianca anda a jogar com vários homens ao mesmo tempo, mantendo relações com Barnabé e Luc, ou até mais ainda. Pois, Bianca mostrava muitos sinais de dependência sexual e necessidade de ser amada em simultâneo, o que é característico numa ninfomaníaca. Embora o amor dela pudesse ser verdadeiro, a necessidade de vários parceiros sexuais, era também uma constante no subconsciente desta mulher. Tudo isto, factos que, apesar de cada vez mais claros, ela jamais admitiria.

Apesar de tudo, comecei a aceitar o facto de que jamais se iria entregar a alguém e a minha situação não seria única. Percebi que ela até poderia quer casar e ter filhos comigo, mas não me poderia amar verdadeiramente, pois é uma pessoa gravemente doente do ponto de vista psicológico.

Foi durante este período que recordei também quando um dia conversávamos sobre seus comportamentos e ela disse "não há cura para o meu problema, mas tão somente medicamentos". Embora nunca admitisse do que estava a falar exatamente, referia-se muito provavelmente ao facto de ser ninfomaníaca e já ter sido diagnosticada como tal por um profissional de psiquiatria no passado. A sua recusa a tomar medicamentos para o problema, correspondia ao medo de deixar de ser como é, apesar de que, como qualquer outra mulher, necessitasse de ser amada e ter uma família, o que se tornou mais importante há medida que ela atingia os quarenta anos de idade.

Como sempre, Bianca haveria de tentar procurar-me novamente, enviando mais emails, ainda que nunca mais lhe respondesse, ficando para sempre em silêncio.

"David, Desde o inicio da relação contigo que me senti mal porque tudo parecia estar errado comigo, mas desta vez trataste-me da pior forma que podias para me destruíres. Primeiro, fiquei com muita raiva ao ler as tuas palavras mas depois senti que estava a merecer. Se uma pessoa é capaz de me amar, pode me escrever ou falar assim. Senti que estava a merecer ser tratada como uma pessoa maquiavélica e voltei para o mais obscuro de mim. Como desde ha alguns dias que me sinto melhor, gostava de pedir desculpa se te magoei, mas estava tão magoada também pelo meu passado que não conseguia mostrar amor como querias. És a única pessoa na minha vida que conhece toda a minha história e especialmente o quanto me senti culpada por não ser tão boa pessoa como deveria. Como meu único amor, como meu confidente, devias ter prestado atenção a isso. Talvez outra pessoa não tivesse reagido do mesmo modo, mas eu não sou outra pessoa. Eu não sou como tu. Aguentei, trevas e dor não apenas durante alguns anos David, não apenas durante alguns anos... Não quero culpar-te. Se sentires culpa pelo que aconteceu, não tens que a sentir. Não posso deixar de te perdoar, porque perdoei o meu passado. Dei-te a chave do meu cofre para que o abrisses e deste-me o meu presente. Hoje uso essa habilidade para te escrever e falar com coração aberto. Portanto, ainda que esteja magoada, serei sempre grata por te ter conhecido e amado. Lembra-te dos meus sorrisos, mas não dos meus choros. Lembra-te que não tenho arrependimentos, nem um só. Desejo-te amor, felicidade e paz. Espero que tenhamos mais cuidado na próxima vida."

"David, Sei que decidiste não falar mais comigo porque acreditas ser o melhor para nós. Suponho que sabes melhor que eu o que é certo. Todos os dias digo a mim mesma que tomaste a decisão certa porque nos magoávamos mutuamente. Mas apesar das nossas lutas e ódios, tenho saudades tuas como antes. Não sei se irás receber ou abrir este email mas estou preocupada contigo e espero que estejas bem. Eu amo-te."

QUIMERA

"David, Suplico que me ajudes. Preciso de saber se estás melhor sozinho, onde quer que estejas, do que comigo, se está tudo acabado. Não consigo fazer o nosso luto se não me ajudares, porque não consigo parar de pensar em nós. Espero pela tua resposta."

"David, Gostava que não nos tivéssemos magoado tanto e gostava que tivéssemos tido mais cuidado. Gostava que tivéssemos mostrado a todos o que o amor pode fazer, mas isso não aconteceu. Pelo contrário. O que sei dos erros (e tenho um milhão) é que por detrás deles existe compreensão e sucesso. Portanto, sim, estou muito triste por não ser aquela que irá te fazer ser feliz e sonhar, fico magoada ao lembrar o nosso passado juntos e ver o nosso presente afastados, mas sempre desejo pela tua felicidade e acredito numa vida juntos (ainda que isso não fosse claro para ti), por isso, espero que, não importando o que aconteceu, estejas agora a experienciar, viver e reencontrar a alegria de viver que perdeste comigo. Esta noite tenho de ser forte e admitir a minha derrota. Tenho de te deixar partir, ainda que nunca seja capaz de te tirar do meu coração. Boa sorte meu amor! Mostra a todos quem és e ama novamente."

Pedido de Revisão

Caro leitor, Obrigado por adquirir este livro! Eu adoraria saber sua opinião. Escrever uma resenha de livro ajuda a entender os leitores e afeta as decisões de compra de outros leitores. Sua opinião importa. Por favor, escreva uma resenha! Sua gentileza é muito apreciada!

Lista de Livros

Livros escritos pelo autor:

Agne: Na Mente de Uma Narcisista

Desencanto: Poemas de Rowan Knight

Destino: Quando Encontramos a Alma Gêmea

Escravo: Cumprindo Uma Profecia

Inumana: Cartas Para Uma Narcisista

Profecia: Uma Mensagem Para a Humanidade

Quimera: Quando Uma Ninfomaníaca Se Apaixona

Uma Chance: 20 Histórias Curtas, Imprevisíveis e Com Uma Lição Moral

About the Publisher

This book was published by the 22 Lions Bookstore.
    For more books like this visit www.22Lions.com.
    Join us on social media at:
    Fb.com/22Lions;
    Twitter.com/22lionsbookshop;
    Instagram.com/22lionsbookshop;
    Pinterest.com/22LionsBookshop.